講談社文庫

# 警視庁情報官
# ブラックドナー

濱 嘉之

講談社

目次

## 警視庁の階級と職名

| 階　級 | 内部ランク | 職　名 |
|---|---|---|
| 警視総監 | | 警視総監 |
| 警視監 | | 副総監、本部部長 |
| 警視長 | | 参事官 |
| 警視正 | | 本部課長、署長 |
| 警視 | 所属長級 | 本部課長、署長、本部理事官 |
| | 管理官級 | 副署長、本部管理官、署課長 |
| 警部 | 管理職 | 署課長 |
| | 一般 | 本部係長、署課長代理 |
| 警部補 | ５級職 | 本部主任、署上席係長 |
| | ４級職 | 本部主任、署係長 |
| 巡査部長 | | 署主任 |
| 巡査長※ | | |
| 巡査 | | |

## 警察庁の階級と職名

| 階　級 | 職　名 |
|---|---|
| 階級なし | 警察庁長官 |
| 警視監 | 警察庁次長、官房長、局長、各局企画課長 |
| 警視長 | 課長 |
| 警視正 | 理事官 |
| 警視 | 課長補佐 |

※巡査長は警察法に定められた正式な階級ではなく、職歴６年以上で勤務成績が優良なもの、または巡査部長試験に合格したが定員オーバーにより昇格できない場合に充てられる。

## ◉主要登場人物

黒田純一………警視庁総務部企画課情報室室長
栗原正紀………警視庁情報室員
内田　仁………警視庁情報室員
松原俊哉………警視庁情報室員

古賀………警視総監
岡本………副総監
下野………警視庁総務部長
野々辺………警視庁総務部企画課長
中村………警視庁公安部長
飯田………警視庁公安総務課長
重里………警視庁刑事部長
鹿島………警視庁組織犯罪対策部長

宝田宗則………極盛会宝田組組長
田村久之………国会議員。元民政党幹事長
宇田川宗一郎………不動産業者
宇田川彰三………外科医

クロアッハ………モサドのエージェント
朴　喜進………世界平和教アメリカ総局長

草野遥香……聖十字病院看護師

# 警視庁情報官　ブラックドナー

# プロローグ

強い日差しを逃れ、くぐるようにして白い館に入った。

エントランスには色ガラスを贅沢に使った三つの大きなシャンデリアが揺れている。

高い天井のロビーを抜ければ目の前はテラスだ。

外へ出ると、椰子《やし》の木立を抜けて吹く風が頬を撫《な》でた。風に潮の香りはなく、肌にまとわりつく湿気もない。

群青色の水平線がシャーベットブルーの空とエメラルドに耀く海を隔《へだ》てている。浅瀬から沖にいくにつれ、海面は緩やかに色を変えていた。

テラスの先に広がる白い砂浜はプライベートビーチだろう。ピンクのストライプ模様のパラソルが影を作っている。ビーチには、はしゃぎまわるブロンドの少女や、並んで読書する老夫婦の姿が見えた。

さすが、噂どおりのホテルだ。

黒田純一《くろだじゅんいち》はテラスにあるソファーに浅く腰掛け、香ばしく焼きあがったスコーンに手を伸ばした。三段皿に盛り付けられたブリティッシュスタイルのアフタヌーンティーを一人で楽しむのも、この眺めなら悪くはなかった。

隣の席に、ティーセットがもうひとつ置かれていた。カップにはベルガモットが香るハーブティーが残っている。

「メイ・アイ・テイク・ア・テイクアウト・パック？　シーズ・ジャスト・ゴーイング・トゥ・スパ」

「オーケイ」

席に着き、しばらくして紅茶がサーブされたところで予約時間が来てしまったのだ。遥香《はるか》はテラスにバッグを残したまま、ホテルの離れにあるスパに足早に向かった。それからケーキやサンドウィッチが運ばれてくるまで四十分ほどかかっただろうか。リゾート地では、実にゆったりと時間が過ぎていく。そんな時の流れを、鷹揚《おうよう》に受け入れられるゆとりが今の黒田にはあった。

このホテルのスパで百五十分のボディトリートメントを受けるのを遥香は楽しみにしていたようだ。

黒田がハワイに誘うと、遥香はすぐにガイドブックを三冊も買い込んで来た。ガイドによれば、世界中のセレブや王室までがこのスパ目当てにホテルを訪れるという。私も行くんだ、と嬉しそうに飛び跳ねるその姿が微笑《ほほえ》ましかった。

遥香が口を付けたティーカップをぼんやりと眺めながら、黒田はふと職場のことを思い出した。四つの詐欺事件を解決し、詐欺師《トリックスター》たちを法の裁きにかけた黒田は、そろそろ後進に道を譲ることを考え始めていた。

旅行中に仕事のことを考えているとは、我ながら自分らしくない。黒田は決してワーカホリックではなく、休みも積極的に、むしろ率先して取るタイプである。

「休み方も知らない奴に、いい仕事はできない」。これが職場での彼の口癖だった。かつて有給年次休暇と厚生休暇を合わせて十連休を申請したときは、眉を顰《ひそ》める同僚も多かったが、上司はにこやかに決裁印を押してくれた。

それにしても今回は驚いた。黒田が女性を連れて海外旅行に出かけるという話が古賀警視総監の耳にまで届いていたのだ。

「ほう、黒ちゃんもやっと身を固める気になったようだな！」

週に一回開かれる部長会議の席上で、古賀総監が嬉しそうに言ったこともまた話題になっていた。

本部の理事官以上の休暇の決裁は部長まで取らなければならない。総監にこれを伝えたのは警視庁内の筆頭部長である上司の下野《しもの》総務部長だった。

「仕事のことはみんな忘れて、彼女と楽しんできてくれ。今回だけは業務用の携帯電話は持って行かなくていいからね」

休暇前日に電話を掛けてきた下野の言葉を反芻《はんすう》しながら、黒田はテラスのソファーに深く体を沈めて目を瞑《つむ》った。

ふと数年前まで署長を務めていた小笠原の記憶が呼び起こされた。小笠原の海岸は、海の美しさも自然の風景もハワイのビーチとそれほど変わらないと黒田は思う。しかし小笠原にはリゾートの空気がないのだ。

小笠原は独特の魅力溢《あふ》れる島だ。ハワイのようになってほしいとは決して望まない。ただ、日本に「リゾート」というものは成り立たないのだろうかとも思う。この空気は国外に出ないと味わえないのだとすれば、それは少し寂しい。そこに黒田はある種のアメリカと日本の国力の差を感じざるを得なかった。休みではなく、バケーションという感覚を日本人が持たないのは、リゾートのない国で育ったことが関係しているような気もする。

職場に関することを一切忘れようと、黒田は甘みのあるダージリンティーを口に含み、読みかけの本を開いた。それから何度かポットにお湯が注ぎ足され、向かいのソファーの客が入れ替わったが、黒田は分厚い文庫本から目を離さなかった。

活字に目を落としたままティーカップを摑《つか》もうとしたとき、背後から遥香がしがみついてきた。髪から花の香りが立ち上り、思わず目を細める。

「すごく気持ちよかった！」

心なしか遥香の顔が輝いて見えた。

「それはよかった。今回の旅行のメインイベントのようなものだからね」

「純一さんはつまんなくなかった？」

「久しぶりに読書に浸《ひた》ることができたよ」

「お酒は飲まなかったんだ？」

「この後、僕らが泊っているホテルまで運転しなきゃいけないだろう？」

黒田は遥香の頬を優しく抓《つね》った。遥香は小さく舌を出すと、ロミロミというハワイの伝統的なマッサージについて興奮しながら説明を始めたが、黒田は軽く相槌を打つことしかできない。

すると突然、遥香が目を丸くして素っ頓狂な声をあげた。視線はテラス前のプールに注がれている。

「あれ、宝田《たからだ》さんだ！　どうしてこんなところにいるんだろう」

　思わず遥香の顔を見た。

「どうしたの？」

「ほら、あそこのドルフィンラグーンのそばに立っているアロハ姿の人」

　遥香は黒田の耳元で囁くと、それとなく右手の人差し指で男の方を指し示した。ワインカラーの洒落たアロハシャツを着た六十代半ばと思われる恰幅のいい男が、若くスタイルのいい女性と寄り添いながら、イルカと戯《たわむ》れる子供の姿を眺めていた。

「どこかで見たことがある奴だな」

　遥香は頷《うなず》くと、さらに声をひそめて言った。

「宝田さんはどこかのヤクザの親分さんだよ。でも肝臓移植が必要でアメリカの病院に入院したはずだったんだけどな」

　黒田はそれを聞いてハッとした。

「宝田宗則《むねのり》か！」

「さすが、すぐにフルネームが出てくるんだね。宝田さんって……ヤクザの親分さんなんでしょう？」

　宝田宗則は警察庁指定広域暴力団二次団体の組長だった。最近、病気を理由に隠居生活に入ったものの、組内では経済ヤクザのトップとしてその勢力は保ったままだと噂されていた人物である。

「遥香はどうして宝田を知っているんだ？」

「だってうちの患者さんだったんだもん」

思いがけない話だった。なぜなら、ここ半年、宝田の動向は警察内では全く把握されておらず、特に組対部は必死になって宝田の行方を追っていたのだ。

「宝田は遥香の病院に入っていたのか……。それで、肝臓移植というのはどういうことなんだ？」

「本当は患者さんの病状は個人情報保護の立場から、他人に漏らしちゃいけないんだけどね」

黒田の役に立てることを嬉しく思ったのか、遥香は前置きをして話し始めた。

「肝硬変だったのよ。治すには肝移植するしかなくて、ドナーが見つかるまでうちの病院に入っていたの。一ヵ月ほどして、カリフォルニアの病院に移ったって聞いたよ」

「それはいつごろの話なんだ？」

「もう半年以上前になるかな。宝田さんの病室はＶＩＰ待遇で、その両隣の特別室も宝田さんの借り上げ状態だったの。病院としても儲かるじゃない。だって一部屋の料金は一五万円なんだもの」

「一日一五万もかかるのか?」

「そうよ」

遥香は誇らしげに答えた。

「三部屋押さえていたのなら、一日四五万円か」

「そう。それも二ヵ月間だから、病院としてもありがたかったんじゃないかな。病棟の看護師は大変だったみたいだけど……」

遥香はオペ室担当の看護師であるため、病棟とは直接のコンタクトはなかったようだ。それでもヤクザの親分をVIP待遇していたことに何か引っ掛かるものを感じるのか、言葉を濁した。

「病棟が大変だった、というと?」

「俗に言う院内暴力よ」

「患者や、その家族から病院職員がいやがらせを受けていたのか?」

院内暴力には、身体的暴力と暴言、いじめ、セクシュアルハラスメントやクレームなどの精神的暴力があり、病院外で起こるストーカー、迷惑電話、怪文書などもこれに含まれる。いま職員に対する暴力に頭を抱える病院は実に多い。暴力によって職員が怪我や精神的ショックを受け、院内の備品が損壊されるとなればその経済的損害も甚大だ。

「宝田さんのお付きの方々が担当医師や看護師に相当辛く当たっていたみたい」

「警察沙汰にはしなかったのかい？」

「相手が相手だし、一応ＶＩＰだったから、穏便に済ませていたみたい。院内のリスクマネージャーは看護師と事務長との間で板挟みになってノイローゼになってしまったの」

「君のところの病院でもそんなことがあるんだな」

遥香が勤めている聖十字病院は、自前の看護大学まで持つ都内でも有数のキリスト教系名門病院だ。

「患者さんの中には有名人も多いし、皇族の方もお忍びでいらっしゃるくらいだから、病院としてはあまり表沙汰にはしたくなかったみたい」

「おまけにあの理事長は著名人だからね。名前にキズをつけたくないのだろうな。しかし、全国で暴力団排除条例が施行されようとしている今となっては、これまで通りに付き合っていては警察沙汰になってしまうよ」

「ヤクザさんは病院に行けなくなるの？　病院はヤクザさんを診察しちゃいけないの？」

「その、『ヤクザさん』はやめてくれよ。少なくとも『さん』付けする相手じゃない」

黒田は釘を刺してから話を続けた。

「医師は病気や怪我で病院を訪れた者の診察や治療を拒むことはできないんだ。それがどんな患者でもね。応召《おうしょう》義務って聞いたことがあるだろう」

義務違反があっても罰則の適用はない。

「うん、看護大学で習ったわ。暴力団条例っていうのが変わって、病院としてはどんな対応をすればいいの？　そのヤクザ、に対して……」

「一般の患者と同等に扱えばいいだけだ。入院患者の部屋の他に二部屋も用意してやるようなことをやっていたら利益供与という罰則を受けるぞ」

「ふうん。移植手術が終わったら、宝田さんはまたうちの病院に戻ってくるのかしら」

「その時はちゃんとした対応をすべきだな。君の病院にも捜査一課出身の危機管理顧問が入っているだろう。どこまで精通しているのか知らんが」

遥香は小さく頷くとテラスから乗り出してプールを見下ろした。

「でも、なんで宝田さんはハワイなんかにいるんだろう」

「術後の静養ってところじゃないかな。一緒にいる女性にねだられたのかも知れないな」

「おねだり？　私も得意」

無邪気な笑い声が響く。それを聞いて半ば呆れ顔で立ち上がった黒田は、バッグの中から一眼レフのデジタルカメラを取り出して構えた。

宝田と、一緒にいる女性の二人を撮影するためである。

「バッチリ撮《と》ってる。やっぱり刑事さんね」

しばらくすると今度は五〇〇ミリの反射式レンズに交換し、途中で動画に切り替えながら、また何度もシャッターを切った。それから撮影したデジタル画像をホテル内のビジネスセンターに持ち込むと、警視庁本部にメールで送信した。日頃から持ち歩いている仮想ディスク装置を使用し、第三者が覗き見ることができないようなプロテクトをかけることを忘れなかった。

「アメリカ国内から発信されるインターネットやメールって、誰かに見られてるんじゃないの？」

遥香は以前黒田が教えたエシュロンの話を持ち出した。

「よく覚えていたね。でもこのプロテクトはＣＩＡやＮＡＳＡだって解析することは難しいだろうね。ただ、発信先が警視庁だから、ものすごく興味を持つことは明らかだな」

「純一さんがハワイにいることもバレちゃうってこと？」

「そう考えておいた方がいいだろうね。ＥＳＴＡを申請した段階で向こうもわかっているし、入国時に指紋と虹彩照合をされているからね」

電子渡航認証システム《ESTA》は、米国国土安全保障省により近年義務化されたオンラインの渡航承認システムである。

「なんだか監視されてるみたい」

「僕の宿命だな。今頃は遥香のご家族もチェックされているかも知れないよ」

黒田は笑ったが、これがまさに現実なのだ。

遥香はアフタヌーンティーセットのスコーンに手を伸ばすと、これにパイナップルジャムとクロテッドクリームをたっぷり付けて頬張った。

「美味しい！　ハワイ大好き」

明るい笑顔を見せると、黒田に抱きつきながら海に向かって言った。

「アメリカのスパイさ～ん。私たちを見て下さ～い」

黒田もおどけて遥香の視線の方向に手を振りながら呟いた。

「クロアッハ、見てるか」

# 第一章　容態

警察庁刑事局にある組織犯罪対策部暴力団対策課長の尾崎は、デスクのパソコンを立ち上げて朝のニュースをチェックしていた。

「課長！　警視庁から宝田宗則の最新写真が届いております」

部下の理事官が血相を変えて飛び込んできた。

宝田の所在はここ半年の間、摑めていなかった。相当重病なのではないかとの情報は、宝田の地元である愛知県警と警視庁から届いてはいたが、その姿を捉えることはできずにいた。尾崎の同僚にあたる刑事企画課長の松下は、苦虫を嚙み潰したような顔をした笹原刑事局長からこう言われたらしい。

「おい、重本警備局長から嬉しそうに耳打ちされたよ。宝田のいる極盛会《きょくせい》がマフィア化してアメリカで悪さをしているらしい、そんな話聞いてないぞ」

笹原と重本は同期であり、かつ永遠のライバルである。同期十一人の中で二人のうちのどちらかが、警察のトップである警察庁長官か警視総監に上り詰めることができるのだ。一方がトップの座に就いた時点で、他方は同期の連中と一緒に退官の道を選ばざるを得ない。

警察庁長官は全警察組織の頂点であるが完全な行政職となり、階級はない。警視総監は東京警視庁の大将に過ぎないが、警察官の最高階級である警視総監という地位を手にすることができる。名を取るか実を取るかの違いだろう。そして多くの警察キャリアの最終目標は警視総監だと言われている。

笹原刑事局長は、情報入手においてライバルから遅れをとったことを気にしていたのだろう。

理事官からの報告に尾崎は興奮して立ちあがった。

「なに。その情報は警視庁の組対からか?」

「いえ、それが飯田公安総務課長なんです」

「公総課長? どうして課長自らから届くんだ?」

「それはよくわからないのですが……公総課長から電子メールがありまして、本人確認の照会をしてくれと」

「わかった」

警視庁公安総務課長は年次で尾崎の二年後輩に当たった。

「尾崎課長。ご無沙汰しております」

電話のナンバーディスプレーで発信者を見ると、公総課長の飯田だった。

「飯田か。ちょうどいいところに電話をくれた。お前、宝田宗則の写真を照会しただろう?」

「はい。確認させていただきました」

「公総の情報なのか?」

「いえ。中村公安部長から降りてきた案件です」

尾崎は眉を寄せてしばらく考え込んだ。

「中村部長か……じゃあどこで誰が撮影したのかわからないのか?」

「はい」探るような声色ですがり付く尾崎に飯田はにべもない。

「さりげなく聞くことはできないのか?」

「厳しいですね」

「ああ。しかしうちの刑事局長も関心を持っているんだよ」

尾崎は背に腹は代えられないとばかりに、本音を吐露した。

「刑事局長でしたら、公安部長に直接聞かれたらよろしいのではないですか? 公総から写真確認の依頼があった旨をご報告いただいて結構です」

「そうだな、企画課長の松下さんにも一応相談してみよう。しかし、公安部長はどこから情報を取っているんだろう。やっぱり部内からだろうか、なあ？」

「私もそこまでは」

飯田はこの情報が総務部企画課の黒田によってもたらされたことを中村から聞いていたが、もちろん漏らさない。

無表情のまま飯田は自室を出ると、中村に報告を入れた。

「部長、察庁《サッチョウ》の組織犯罪対策部の尾崎課長が宝田情報の出所を探っています」

「なんだ、本業が何も知らないんじゃ仕方ないな」

中村はあくびを噛み殺した。その顔を見て飯田もふっと笑みをこぼす。

「それにしても黒田さんは相変わらずどこに行っても仕事を見つけてきますね」

「それが彼の持つ宿命なのかも知れないな。恐らく帰国時にはその背景まで探ってくることだろう」

中村は黒田の顔を思い浮かべてにやりと笑うと、唇を尖らせた。

「だが宝田は司法取引にでも応じない限り、アメリカに入国できないよな。そんな奴が銀座の姉ちゃんとハワイのカハラでリゾートを満喫しているというのもおかしな話だ」

怪訝《けげん》な顔で首を捻る。飯田も口を揃えて言った。

「半年前までは重病説まで飛び交っていましたからね」

「あの世界のことだ。どこまでが本当のところなのかわからんが、肝臓《レバー》の具合が悪かったのは事実だ。当時、奴がかかっていた名古屋にある個人病院のレセプトは信用できるからな」

「確か、それも総務部の黒田さんが取ってきた情報でしたね」

「そうだ。公安部も完全に出し抜かれた情報だったな。僕は黒ちゃんが警部補の頃から知っている。まあ戦友のようなものだな。それにしても、あいつは面白い男だよ。というか怖い男だな」

飯田は目をぎょろりと動かした。

「今回の情報は下野総務部長から降りてきた案件だったのですか？」

「そうだ。黒ちゃんもようやく組織の流れに乗った仕事をするようになったんだな。以前は一匹狼的な存在だったが、今や総務部の筆頭理事官だからな」

「次はいよいよ本格的な署長ですね」

「そうだな。小笠原の署長とはわけが違うからな。制服姿の黒ちゃんを見てみたいもんだ」

「黒田さんが制服……なんかピンときませんね」

レジメンタルにボタンダウン、そんなアイビースタイルがトレードマークの黒田だ。

「問題はその後だよ。公安部に新しいセクションを作ってはどうか、という声もある。黒ちゃんを活かすためにね」

「総務部企画課から公安部へ情報室を動かすのですか？」

「まあ、黒ちゃんがやりやすいような環境作りということだ。現場を直接指揮し、しかも部下を育て続けなければならん。警視正になる手前の段階だからな。黒ちゃんが地方警務官になる前に動きやすい体制を作っておこうというわけだ」

警察官は警察法上、階級が警視から警視正になった段階で地方警務官と称され、地方公務員から国家公務員に身分を変える。

「すると、黒田さんに関しては国家的な立場で、身の振り方を検討するということなのですね」

「組織として、彼の能力を遺憾なく発揮できる場所を確保することが最重要課題ということだな」

にこやかに言う中村を前に、

「そう考えると、黒田さんという人の器の大きさがよくわかる気がします」

飯田は殊勝に頭を垂れた。

「器か……僕自身いまだに黒田という男の底がわからない。どうやって組織の内外にあれだけの人脈を築き、しかも運用しているわけだ」

中村は溜め息をもらし、深く息を吸い込んだ。

「非凡な才能の持ち主ですね」

「ああ、僕は少なくとも情報収集や人を引き込むことに関しては、黒ちゃんの足元にも及ばないよ。加えて彼には想像を超えた発想力がある。あんな風に警視庁を襲撃させておきながら、当方は無傷で、敵を全員確保したんだ。とても真似できないよ。軍隊の指揮官ならば勲章ものだ」

大きく肩をすくめて中村は目を伏せた。

「そうですね。しかも、まだあれから半年も経たないのに今度は宝田を見つけてくるんですから」飯田は上司に同調してみせる。

「また何かやってくれそうな気がするよ。そんな星の下に生まれてきているんだな、彼は。まさに天から授かった才能ってことだろう」

中村も飯田も、国立大学のトップ校を出、国家公務員上級甲種やI種試験を上位で通過した秀才のキャリアだ。そのキャリアが思いもつかないアイデアを黒田は次々と繰り出した。ある意味、黒田を天才とまで表現するのは、その存在が不気味がられている証拠でもある。

多くのキャリアという人種の特権意識は、その役所内に於いて絶対的な力として表われ、キャリアを凌駕《りょうが》するノンキャリなど存在しないという思考回路を形成していた。これは組織を守るためには、ある程度支持されなければならない考え方でもあるのだが。

極盛会宝田組組長の宝田宗則が、東京・八王子に事務所を構えたのは十年ほど前である。

兵庫に本拠地を置く極盛会が、いよいよ東京に進出したと八王子署や警視庁の刑事畑の面々は身構えた。

八王子市は東京都の西の外れながら、二十三特別区を除けば最大の人口を持つ。複数の路線が放射状に延びる交通拠点であり、多摩ニュータウンをはじめとした多くの新興住宅が建設された一大都市だ。極盛会が東京進出の拠点とするには格好の場所といってよかった。

若き宝田宗則は極盛会二代目の舎弟に入り、力を付けていったと言われる。

組織の中興の祖となった三代目とは兄弟の杯を交わし、三代目の死後、跡目を継いだ四代目・岸本忍《きしもとしのぶ》から「叔父貴」と呼ばれて慕われた。そして本家の顧問となると、組織運営に手腕を発揮した。

卓越した経済感覚を持つ宝田は、かつて「企業舎弟」という新語を生んだ立役者だ。巧みな経営手法を編み出して暴力団の世界に新たな風を吹き込み、いつしか極盛会を率いるまでの存在になっていった。

＊

地元・名古屋の個人病院の診察室で、宝田は医師の室井《むろい》と向き合っていた。

「宝田さん。もう少し節制してもらいたかったな」

「わしはそんなに悪いですか、先生？」

室井は宝田の担当医である。

「はっきり言って、私ではもう手の施しようがない」

そう言うと室井は宝田から目を背《そむ》けた。

「あとどれくらい生きられるんですか？」

室井の沈んだ顔を見ながら、宝田は意を決して尋ねた。

「それはなんとも言えませんね。本来、肝臓という臓器は『沈黙の臓器』と言われていましてね、我慢に我慢を重ねて『もうダメだ』となった時に初めて自覚症状が出て来るものなんですよ。だからそうなる前に、いろんな検査をしてチェックしながら、肝臓に負担をかけないように自ら律していかなければならないんです。私は宝田さんに数年前から、酒を控え、タバコの数も減らすように再三注意してきたはずですよ」

歯に衣《きぬ》着せず物を言うこの担当医を宝田は長年信頼してきた。

「それはよくわかっています。しかし、わしのような極道はそうばかり言っていられない時があるんです」

「命を削ってもですか？」

「それもまあ、わしらの宿命みたいなものですわ。それで、あとどのくらい生きられますか？」

室井はまっすぐに宝田を見据えた。

「今のままですと……正直に申し上げれば、半年か長くて一年でしょう」

「うむ。ちょっと短いな……」

そこまで差し迫っていたとは思いもよらない。宝田は大きく息を吸い込むと天を仰いだ。

「しかし宝田さん、肝移植という方法がありますよ」

「臓器移植ですか？」

「ええ、私の友人で東京の聖十字という大病院に勤務する優秀な外科医がおりまして」

「東京でもできるんですか？」

「いや、国内はあまりお勧めできませんね。アメリカで経験を積んだ彼に言わせれば、設備もスタッフも圧倒的に向こうの方が進んでいるのだそうです。これまでも何例か、日本で診断してアメリカの病院で移植手術をやっているようですよ」

「その日本人の先生がわしをやってくれると？　わしはこれまで一度もアメリカの国土を踏んだことはないんだ」

「それも可能だとは思いますが、彼が優れた医師を推薦してくれるでしょう」

思いがけない提案だった。自分の意識の中ではほとんど捨てかけていた我が命だ。

それが生き永らえる可能性があるという。いわば拾いものの人生を摑み取ることができるかも知れない。

「室井先生、金はどのくらいかかるのでしょうか？」

「それはドナー次第です。アメリカで肝臓移植を行うとなると、最低でも何千万円、場合によっては億を超えることもあります。日本での移植手術はそれより圧倒的に安価ですが、何せほとんど手術は行われていません」

「いや先生、命一つの値段と思えば安いものですよ。あとはドナーが適合するかどうかですね。先生、申し訳ないがそのご友人を早めにご紹介願えますか」

「ちょっと電話を入れてみましょう」

室井は手早く受話器を取って短縮ダイアルを押した。

「五十嵐先生をお願いします」

「なんだ室井、セカンドオピニオンか？」

「ああ、生体肝移植のクランケだ」

「歳は？」

「六十八歳、男性だ」

「合併症はないのか？」

「今のところは認められていない。ただ、極秘に、しかも早急にできないかという相談だ」

心なしか室井の声が小さくなった。

「政治家か？」

「いや、ちょっと複雑な仕事だ」

「ヤクザか？」

この手の話には慣れているのか、五十嵐はすぐに言い当てた。

「そうだ。その道の大物だよ」

一瞬の沈黙が流れる。

「アメリカは難しいかも知れないぞ」

「それはどういうことだ？」室井は怪訝そうに尋ねた。

「アメリカはヤクザの入国を禁止している」

「病人でも……か？　何か手はないのか」

室井はごくりと唾を飲み込んだ。すると無表情な声で五十嵐は、

「それは私が本人に直接伝えた方がいいだろう」

と言って、明日の午後なら少し時間が取れると室井に伝えた。

翌日、宝田の姿は東京にあった。

新橋近くにある聖十字病院の一般外来を訪れた宝田は、しばらく受付近くに座って辺りを見渡した。手には番号が付いた小型の受信機があった。

受付からは患者の名前を呼ぶ声が聞こえてこない。診察の順番が来ると、手渡された受信機が鳴る仕組みだ。自分の病名を他人に知られたくないと思う患者もいるだろう。各診療科目の診察室前で待つ必要がないことは、患者のプライバシーを守る点で優れていた。

宝田は病院の五階にある空中庭園に移り、コーヒーを飲みながら珍しく晴れやかな気持ちになっていた。命の相談に来た病院でこのような気持ちになることは皮肉だったが、都心のビルの一角にある豊かな緑と青空からそそぐ陽の光に、日頃の殺伐とした稼業をしばし忘れた。普段通り、いくつかの経済紙に隅々まで目を通す。三面記事には暴力団抗争の記事もあったが、これが他人事のように思われる自分の気持ちが可《お》笑《か》しく、つい声を出して一人笑った。

間もなく小型の受信機に内蔵されているバイブレーターが作動し、有名なクラシックの調べがオルゴール音で流れ始めた。

「いい曲だ」

宝田は目を閉じると、それがかつて娘の結婚式で聞いた音色であることを思い出した。心を落ち着かせてくれる調べだ。曲名は知らない。

三階にある診察室へ向かった。入り口前のモニターには、宝田の手の中にある受信機と同じ番号が表示されている。慣れない手つきで入り口脇にある小窓に受信機を差し出すと、自動扉が開き端正な顔立ちをした若い看護師が現れた。

宝田は看護師に軽く会釈して入室した。目の前にはまた扉だ。

「五十嵐先生、宝田さんがお見えです」

「どうぞお入りください」

思っていたよりも若い男の声がした。

中央のデスクに四十歳そこそこの理知的な白衣の男が横顔を向けて座っていた。彼は宝田の顔を見ようともせず、デスク正面のモニター画面を覗き込んでいる。

宝田は看護師に促されて五十嵐の隣の椅子に腰を降ろした。

それでも五十嵐はしばらくモニターから目を離さなかったが、おもむろに体の向きを変えると宝田の目を見た。

「肝移植を希望されますか？」

神経質そうな高い声だ。

「はい。率直に言って成功の確率はどのくらいですか？」

「九割は成功するでしょう」

「残りの一割は？」

「ものごとに一〇〇％はないということです。私の知る限り、ここ数年、失敗例は聞いていません」

五十嵐は表情を変えずに言った。愛想が悪いのでなく、情を交えないで話すよう努めているといった感じだ。

「そんなに上手くいくものなんですか？」

宝田はあっけにとられていた。一旦は捨てる覚悟までしていた命、それがいとも簡単に救われるという。現在の医学の進歩とともに、あっさりと言ってのける医師の自信のほどにも驚かされた。

「心臓はともかく、レバーの移植はほぼ成功しますね。あなたの場合、二割を残して、八割を継ぎ足す形になると思います」

「桜の接ぎ木のようですな」

「そうですね。ただ、臓器の場合、継ぎ足された部分は表にでることなく、また新たな身体のために働き続けなければならないという宿命ですけどね」

「新たな臓器は木の幹になるわけですな」

「おっしゃるとおりです」

宝田は余計なことを一切口にしないこの精悍《せいかん》な医師を頼もしいと思った。

「それで、期間と費用はどのくらいかかるのですか？」

「肝移植ですから、まずは適合するドナーが見つかるかどうかです。費用は一般的には手術費用が一〇〇万ドル、入院に一万ドルと考えていいでしょう」

「すると一億円近いわけか」

「通常でしたらね。ただ、宝田さんの場合はちょっと問題がありますので……」

「それは室井先生から少し聞きました。わしの仕事の関係かと」

「そのとおりです」

「どうすればいいのです？」

「アメリカ大使館の関係者に面談してもらいます」

五十嵐はまるでその辺の喫茶店に部下を誘うような口調で言った。

「えっ、ＦＢＩですか？」

「そこまではわかりません。大使館員の了解が出ない限り、私はあなたと手術の契約ができないということをまずご理解いただきたい」

「手《て》筈《はず》は」ごくりと唾を飲む音が、広い診察室に響いた。

「私が大使館を紹介いたします」

宝田は五十嵐の心の表情を見るようにじっと見据えた。

「よろしくお願いします」

五十嵐は宝田の連絡先を聞き、「明日連絡を入れます」と言って手元のボタンを押した。すると先ほどの看護師が入室し診察の終了を告げた。

宝田は頭を下げて椅子を立った。患者のプライバシーを徹底して守るシステムに感心しながら、看護師に尋ねた。

「お嬢さん。先ほど手渡された受信機から流れた曲、あれはなんという曲かな?」

看護師は笑顔を見せた。頬のえくぼが愛らしい。

「G線上のアリアです」

「ありがとう。曲もお嬢さんも実に美しい」

アメリカ連邦捜査局《FBI》と中央情報局《CIA》は犬猿の仲として知られる。

FBIは司法省に属する法執行機関だ。テロやスパイなど国家の安全保障にかかる公安事件や連邦政府の汚職にかかる事件を扱う。複数の州に渡る事件捜査も彼らの仕事である。CIAは大統領直轄の対外情報機関で、世界各国の政財界に加えマフィア組織や日本の指定暴力団ともコネクションを持つ。

アメリカ大使館の関係者から宝田に連絡が入ったのは、五十嵐医師と面会した翌日のことである。

すぐに宝田は指定されたホテルオークラのサウスウィングに入り、上層階のスウィートルームを訪ねた。

部屋の扉脇のチャイムを押すと長身の男が出てきて無表情で言った。「宝田宗則さんですね」

どうやら日本人らしい。

「そうだ」

入室すると広いホールに五つの扉があった。リビングと二つのベッドルーム、それに化粧室と浴室の扉だろう。宝田が通された正面の部屋は、三十畳はあろうかというリビングルームだった。

部屋の窓から眼下に広がるのはアメリカ大使公邸だろう。窓際の椅子に腰を下ろした宝田は外の光景を視界の端で捕えながら、自分を観察する二人のアングロサクソンを強い眼光で見返した。先ほどの日本人の姿は見えない。

「この部屋から狙撃すれば百発百中だな」

「窓が少しでも開いた途端に、近くの大使館からレーザーターゲットで狙われてしまいますよ」

透き通るような明るいブラウンヘアに眼鏡をかけた男が淀みない日本語で答える。

「なるほど。センサーシステムが完備されているわけだな」

「アメリカ大統領が来日した際にも、大使館や大使公邸には必ず立ち寄りますからね」

ジェスチャーで宝田に応接用のソファーに座るよう勧めたのは、ブルーの目をした大男だ。一九〇センチはゆうにあるだろう。

「ところで昨日、五十嵐医師から、あなたがアメリカ国内で病気の治療を希望しているとの報告を受けましたが、間違いはありませんか?」

「できることならそうしたいと思っている」

二人は宝田の正面に座った。日本語が堪能な眼鏡をかけた男は在日アメリカ大使館のFBI駐在官のようだ。

この場をクリアしない限り自分の生命の延長はないことを宝田は改めて意識する

と、背筋が伸びた。

握手も挨拶もせずに相手は切り出した。

「我々は、あなたが受けようとしている医療行為を妨害するつもりはない。しかし、これまであなたが日本国内外で行ってきた反社会的行動を許してはいない。あなたが我が国で医療行為を受けたいならば、これまでの過去を贖《あがな》ってもらわなければならない」

「過去を贖う……どうすればいいのかな」

「あなたが極盛会という日本最大級の反社会勢力の幹部であることを私はよく知っている。そして、その組織がアメリカ国内でも同様の反社会勢力となっていることも調査済みである」

碧眼《へきがん》の男も上手く日本語を操った。穏やかな口調ではあったが、その表情には冷徹な影が宿っていた。ＣＩＡだな、と宝田は直感した。

「それで？」

「あなたは、極盛会の組織の全容を我々に明らかにし、アメリカ国内にある、あなたが影響力を及ぼす反社会勢力の根絶に協力しなければならない」

「組織を売れというのだな」

「その言葉が正しいかどうかはわからない。少なくとも、我が国に悪しき影響を及ぼす者を延命させることは、我が国の正義に反するということだ」

青い目を鋭く光らせる男の言葉には明らかに棘《とげ》が含まれていた。宝田は腕組みをした。

「極盛会の全容というが、顧問という立場から、総本部と宝田組について知っていることを話すことしか私にはできない。次に、貴国における反社会勢力と言っても、海の向こうの極盛会はほんの小さな勢力だ。我々のどこを見て反社会勢力と言うのだ。私から伺いたい」

「まず、あなたが顧問となっている極盛会は中南米の麻薬組織と組んで麻薬の密輸を行っている。次にニューヨークの護岸利権を仕切っているようだが」

「護岸は市当局との正式な契約に基づいて、港が最も機能しやすい体制づくりを確立してやった結果だ」

ＦＢＩと思われる男が、縁なし眼鏡のフレームに手を添えて体を乗り出してきた。

「あなたの言うことをある程度は認めよう。しかし、中南米に関して我々は目を瞑ることはできないのだ」

男の顔に赤味が差した。苛立《いらだ》っているようだった。

「中南米の組織とは確かに古くから付き合いがあるが、これは組とは関係がない。うちの組で薬は御法度《ごはっと》だからな」

「ゴハット？」

「禁止しているという意味だ」

「そんな話、誰が信じると思っている。極盛会の逮捕者の半数以上は麻薬絡みじゃないか」

今度はＣＩＡらしき男がすかさず言葉を被《かぶ》せてきた。

「それはしのぎを確保できない一部の組の話だ。幹部クラスの組員で薬《ヤク》に手を出している者はいない。国内で薬を捌《さば》けば、警察を敵に回すことになるからな」

「しかしあなたは先ほど、中南米の組織とは付き合いがあると言ったじゃないか。あれはどういう意味だ。国内はやらないが、海外でビジネスをしているんだろう？　主に中南米相手に」

「中南米の組織はコカイン、ヘロインの分野では世界の約四分の一を仕切っている。おまけにその純度が高いことでも有名だ。それが日本国内に流れてきたら、アジアの生産地が死んでしまうのさ。薬の世界というのは石油と同じで、ある程度は価格が決まっていなければならない。あなた方も知ってのとおり、世界中の薬の生産地はいずれも戦闘地域なんだ。そしてそこには必ず様々な原理主義者が勢力を持っている。奴らが裏で手を組んだらどうなる？　アフガニスタンはソ連の進出によって荒廃してしまった。ベトナム戦争の負の遺産としてアジアの三角地帯が残っている。北朝鮮が国家的に薬をやっているのも、朝鮮戦争があったからじゃないか。中南米も同じだよ。中南米に薬を持ち込んだのは、冷戦真っ只中にあったアメリカだろう」

宝田は一気にまくしたてた。二人の男が話を正確に理解していると感じ、さらに語気を強めて凄《すご》んだ。

「中南米の薬は、アメリカへも、日本へも持ち込ませてないじゃないか！　ヨーロッパ向けだよ。マフィアの本家だったイタリアの力が落ちてしまったからね」

「すると日本のヤクザはマフィアのお目こぼしを受けているのか？」

ＦＢＩらしき男は蔑《さげす》んだような目をした。宝田はその目を正面から見返す。

「おそらくあんたはアメリカ政府の偉いお役人さんなんだろう。そんな人から見れば日本のヤクザなんぞ、ゴミのような存在だろうし、わしの命の一つや二つ、あってもなくても構わんだろう。しかしな、アメリカが抱える多くの問題がどれだけ世界に迷惑をかけているか、そこをよく知っておいた方がいいな。一国優位主義というのはそんなに長持ちするわけじゃない。アメリカという国が立派なのはよく知っている。それでもアメリカ一国では何もできないんだよ。アメリカンフットボールもメジャーリーグもバスケットボールもな。一旗揚《ひとはた》げるために多くの者が世界中からアメリカを目指しているのは事実だが、その流れは少しずつ変わってきている。世界は気付き始めたんだよ。やっぱり大きな欠落がある国は底が知れているってな。何が足りないかって？」

宝田は息を吸い込んで続けた。

「歴史だよ。アメリカという国は所詮、成金国家だ」

「ミスター、言うことはそれだけか？」

碧眼の男は声を震わせた。

「言うことはいっぱいあるが、あんたに言っても仕方なかろう」

「オーケー。アメリカでの治療は諦めるんだな」

眼鏡の男が静かな声で言った。

「そうか、まあ仕方なかろう。一度は諦めた命だからな。こんなものくれてやるよ」

素早くソファーから立ちあがると宝田はドアに向かった。ドアノブに手を掛けようとした時、背後から声がかかった。ＣＩＡらしき男の方だ。

「短気は損気という言葉があるだろう」

宝田は小さく鼻で笑うと一瞥《いちべつ》もくれず部屋を後にした。

「別に欲しいと思った命じゃねえよ」

エレベーターの中で独りごちると、一階のロビーからタクシーに乗り込んだ。

宝田が都内で単独行動をとることは極めて稀《まれ》だった。

経済ヤクザである宝田は、同時に武闘派の旗頭として名が通っており、未だ任侠《にんきょう》の世界を生きる数少ない存在でもある。それはマフィア化しつつある多くの暴力団組織から上物のターゲットにされていることを意味した。もし宝田が殺《や》られるということがあれば、暴力団の勢力図は大きく変わり、対立抗争が激化するのは明らかだ。

用心深く何度かタクシーを乗り換えると、宝田は途中でタクシーの運転手に金を渡してあるビル脇で下車した。このまま待つようにタクシーに命じると、ビルに入り裏から出て別のタクシーを拾い汐留《しおどめ》のホテルに向かった。駕籠《かご》抜けと言われる手法だった。

夕食は贔屓《ひいき》にするホテルの和食レストランで取ることにした。一人で軽く日本酒を飲みながら、懐石料理の膳から好みのものだけを摘む。料理の進み具合を気にした板長がテーブルに顔を出し、アラカルトの注文を受ける旨を伝えたが、宝田は手を横に振った。

「この絵のような飾り付けを楽しんでいるんだよ。相変わらずいい腕をしている」

帰りしな出口まで見送りに現われた板長に宝田は告げた。

「明日の朝は、あの美味い粥《かゆ》をだしてくれ」

そのままホテル下のタクシー乗り場まで降りると、銀座七丁目の並木通りへ向かった。東京では一人夜の銀座を歩くことを楽しみにしていたのだ。

銀座は関東第一勢力の熱田組の支配下にあったが、一昨年、極盛会は密かに高級クラブ「ジャスティス」を進出させていた。この店が極盛会の息がかかった店であることはどこにも知られていない様子だった。

銀座に店を持つことは夜の仕事をする人間たちの憧れであり、信用でもある。そして、店のグレードが高ければ、それだけ良い情報が入ってくるのだ。粒揃いのホステスを三十人以上置く「ジャスティス」には、一流企業の役員クラスからマスコミ、広告代理店、芸能界、スポーツ関係者、そして霞が関の高級官僚が常連客として名を連ねた。

極盛会の中で銀座進出を提案したのは宝田である。

マーケティングにも相応の時間をかけ、格安の物件を手に入れていた。店を任せたママは、三十代後半の芸能人あがりで、かつては雑誌のグラビアを何度も飾っていた女だ。肉感的なプロポーションは崩れることなく、これを引き立てるドレス姿には多くのファンがついていた。ママを支える黒服は、大阪のキタで修業をさせた大卒経済ヤクザだ。柔らかい物腰で人当たりのよい、出来た用心棒だった。ホステスはあえて他の店から引き抜きをせず、インターネットの求人広告で集めた。世の中が不況になればなるほど、レベルの高い人材を安価で獲得できるのである。

「近場で悪かった、取っといてくれ」

宝田は一万円を渡すと、驚く運転手を尻目にタクシーを降りた。「ジャスティス」が入るビルの前で、別の組の地回りらしき二人の男がポーターと話し込んでいた。宝田の存在には気付いていないようだ。この男たちがいるということはこの周辺に組の幹部が来ているのだ。

宝田はすれ違う通行人をすり抜けるようにビルに入り、エレベーターを待った。エレベーターの扉が開くと中からホステス数人に囲まれて男が二人降りてきた。一人はホステスの腰に手を回しながら、周囲を油断なく観察していた。もう一人の痩軀《そうく》の男は、おそらく部下だろうが、チンピラとは違う重々しい雰囲気をまとっている。

ホステスを抱きよせながら、ダブルのスーツを着た恰幅のよい男はエレベーターの脇で道を空けた宝田をちらりと見ると、そのまま外へ足を向けた。

数歩歩いたところで足を止め、何かを考えるような仕草をしたかと思うと足早にエレベーターホールに戻った。閉まるドアの隙間から、中に乗り込んだ男の肩口が見えた。腕にからみついたホステスは不思議そうに男を見つめたが、男は一顧《いっこ》だにせず、そのままエレベーターの扉上の点滅する数字を眺めていた。

「親分、どうされました？」

痩躯の男に返事をせず、親分と言われた男はエレベーターが停まった階を確認した。

「六階で降りたな」

このフロアには小さなクラブが八軒入っており、どれもが男の馴染みの店だった。

男は表情を和らげた。

「ちょっと知っている男に似ていてな。まあ、あの階の店に行くのなら人違いだろう……」

一瞬険しい目つきになった男にたじろいだホステスが、再び男にもたれかかって通りに出た。

白のロールスロイスの後部ドアを若い衆が開ける。男と連れの部下が乗り込むと、車は静かに発進した。

ロールスロイスの後方ではポーターが後続車を停めている。歩道を若い衆が小走りに走って、車が無事に外堀通りに出たのを確認すると、肩で息をしながら深々と頭を下げる。

「あいつの女と同じビルとはリサーチ不足だったな」

宝田は恰幅のよい男がエレベーターから降りてくるのを見た瞬間、それが銀座を仕切っている熱田《あつた》組組長であることを知った。

何食わぬ顔でエレベーターに乗り込むと、「ジャスティス」を構える七階ではなく、その下の階のボタンを押した。エレベーター内の表示から、この階に一番テナントが多いと見ての咄嗟《とっさ》の判断だった。

熱田組組長が自分の存在に気付いたかどうかは分からない。

六階で降りると、エレベーターホールの死角に入って三機全ての動きを確認したが、すぐに六階に上るエレベーターはなかった。

三分間、その場で静かにエレベーターの動きを見届けると、宝田は非常階段を使って七階に上がった。

「メンバーズクラブ　ジャスティス」は七階ワンフロアを占めていた。誰かの誕生日祝いだろうか、エレベーターホールから店の入り口まで豪華な花が並んでいる。

紫檀《したん》の一枚板で作られた重厚なドアを開けた。

三メートル四方ほどのホールに立った若い黒服は、宝田の顔を認めると恭《うやうや》しく頭を下げた。

「社長。いらっしゃいませ」

この黒服とは一度しか顔を合わせたことがなかったが、社員教育が徹底されているのだろう。ゴルフ場の支配人と一流ホテルのベルキャプテンの礼節を兼ね備えたような凛《りん》とした姿勢が気持ちよい。

店の一番奥にある特別室に案内された。この部屋にはある細工がされている。万が一の場合には階下にあるクラブの控室に降りることができるよう、秘密の抜け穴があるのだ。

ビルのオーナーでさえ、この二つの店の間にある秘密の通路の存在を知らない。特別室からの脱出口は精巧な作りで、プロが探っても発見するには相当の時間がかかる抜け穴だった。

「やだ、お一人？」

驚いた顔をしてママの悦子《えつこ》が入ってきた。

「たまには一人もよかろう」

「ボディーガードも付けていないの？」

その美貌を高価な手描き友禅が引き立てている。これを見事に着こなすだけの素養が悦子にはあった。それは芸能界を引退後、この世界で徹底的に磨き上げられたことで備わった気品のようなものだ。陶器のようになめらかな白い肌と、豊かな黒髪をアップにして際立たせた艶《なまめ》かしいうなじには、一流の自負が宿っていた。

「今回の訪問は極秘だ。本家の総長にだけは言っているがな」

「お忍びで何か急なお仕事でも？」

「まあ、プライベートなんだ。それよりなかなか繁盛しているようだな」

「お陰さまで。お客様はハイクラスの紳士ばかりだから、あまり不況の影響を受けずにやっていられます」

「それはお前の才能だろう」

満足げな笑顔を見せて宝田が言うと、悦子は頬を紅潮させた。

「それよりも、社長のような立場の方が東京にお一人で？」

「ああ、そのことか……実はな」一度口を結んで続けた。「わしは、そう長くないかも知れない」

悦子の顔色がさっと変わった。

「どこか悪いの？」その口調は砕けていた。

「いわゆる職業病かな」

宝田は悦子を安心させるように笑顔を作った。

「そんな、いやだ……癌かなにか？」

「癌は職業病とは言えんだろう……レバーだ、レバー」

「肝臓？　肝硬変とか？」

眉を寄せた悦子の顔に宝田はしばし見とれた。

「当たりだ。ずっと医者はついていたが、聞き分けのいい方じゃなかったからな」

「手術はできないの？」

「できないわけではないらしいが、そこにも大きな問題があってな」

悦子は顔を歪《ゆが》め、宝田を責めるような目を向けた。これまでの経緯を聞かせようと
宝田は悦子の肩を抱いた。

「お願い、組織を抜けてでも手術をして！　もし、日本にいられなくなったら、私が一緒にどこにでも逃げてあげる。イタリアでも、アフリカでもいいわ」

思わず目頭が熱くなった。こいつだけは本当に俺のことを考えてくれている、そう思うと、出てもいない額の汗を拭《ぬぐ》うふりをして宝田は目にハンカチを当てた。

「本家の総長さんならわかってくれるんじゃないの？」

「四代目はわかってくれるだろうな。しかし、これだけ大きな組織になってしまうと、中にはわしを狙っている連中もいるだろうからな」

「その時は一緒に逃げようよ」

「わしが逃げるのか？　若いもんをほったらかしにはできんよ」

「だから、組織を若い人に譲って、抜けちゃうのよ。逃避行よ」

悦子は自分の口から出た言葉に興奮しているようだった。

「抜ける……というのは、そんなに甘いもんじゃない」

宝田は厳しい顔をした。

「でも、命さえあれば何とかなると思うわ。みんなが敵になるわけでもないと思うの。死んでしまったら、それこそ何にもならない」

涙を流しながら悦子は哀願するのだった。宝田は彼女の恩人であり、最も信頼できるパトロンである。悦子の涙を見た宝田は口をつぐんで、彼女を部屋の外へ出るよう促した。入れ替わりに入ってきた愛らしい若手のホステスたちに囲まれながら、宝田はシャトーマルゴーの一九九〇年を開けた。

胸ポケットの携帯電話はオフのままだった。

汐留のホテルに戻った宝田は四代目総長の岸本にアポを入れると、ベッドに寝そべった。再び携帯電話の電源を落としながら、こんなにゆっくりとできるのは久方ぶりだと息を吐く。体を楽にしたが、心が小さく震え続けている。マルゴーの余韻を鼻腔内に残したまま、無理矢理目を閉じた。

翌朝、和食レストランで朝粥を食べてロビーに出たところ、背後から呼び止められた。

「宝田さん、少しお時間をいただけますか?」

ホテルオークラのスウィートルームで会った日本人だった。後方には白人の二人組もいる。

どうやって自分の宿泊先を突き止めたのだろう、宝田は皆目見当がつかず狼狽《ろうばい》した。

「朝から待ち伏せとはなんだ。礼儀というものを知らんのか」

「あなたをこのまま死なすのは惜しいと思っているんだ」

縁なし眼鏡の男がやや親密な素振りをみせた。

「それはあんたらの勝手な思いだ。組織を売ってまでも長生きをしたいとは思わんのでな。これ以上あんたらに話すことはない。帰ってくれ！」

追い払うように言った宝田だったが、昨夜、悦子の涙を見てから心の揺れが収まらなかった。その心中を読んだかのようにＣＩＡらしき男が言った。

「あなたは最後のヤクザだと思っている。あなたから情報が欲しいのは確かだが、我々には日本のヤクザというものを再確認したいという思いがあるのだ」

「何を偉そうなこと言ってやがる。戦後のどさくさで、あんたたちが日本の黒幕と呼ばれた男たちをエージェントとして使っていたことくらいわしでも知っている。うちの二代目、三代目しかりだ。占領時代から揺籃期の政権政党に活動資金を提供し、日本という国のアメリカナイゼーションと政府の親米化に一役買わせたのはあんたたちじゃないか」

「だから日本は共産革命の波に飲まれずに済んだんだ。アメリカの国家的戦略のおかげだろう。そうでなければ日本は今頃、北方四島と同じ状況にあったことだろう」

ブルーの目をした男は冷静に言ってのけた。一瞬たじろいだ宝田を勝気な表情で見返しながら、男は続けた。

「あなたは今の極盛会をどう考えているのですか？」

「愛すべき組織だ」

「近年、さかんに新しい分野に進出を遂げていますね」

「それは世の中が多様化してきた結果だ。いつまでも博打や、みかじめ料だけで生きて行ける世界ではない」

「だから世界中のマフィアとも付き合いを深めた、と」

「も？」

「イエス。政治や宗教、芸能など、あなた方が積極的に関わってきた分野が様変わりしたことに加えて、という意味です」

「よく調べているな。これ以上立ち話で話す話題じゃない」

「部屋を取りましょうか？」

連中は何か掴んだのか昨日より落ち着いてやがる、宝田は思考を巡らした。

「部屋を取ったら連絡してくれ。どうせわしの部屋番号はわかっているんだろう？」

「それではすぐに携帯に電話を入れますから、電源を入れておいて下さい。昨夜のように少しの間で結構です」

大柄な男のウィンクを見て宝田はハッとした。昨夜、ほんの数分の間オンにした携帯電話から居所が割れたとしか考えられない。

「やるじゃねえか……」

昨日よりも警戒心を露に宝田は指定された部屋に向かった。

「ミスター・宝田。我々は極盛会を潰してしまおうなどと考えているわけじゃない。ただ、アメリカ国内で非合法な真似をやってもらいたくない。あんまり派手にね」

「うちらはイタ公マフィアのような派手さもなければ、ロシアンマフィアのような残虐さもない。もっとも中国マフィアのように汚い真似だってしない」

「マフィア……イエス。日本のヤクザが肥大化してジャパニーズマフィアになることが一番恐ろしい」

「何とでも勝手に言え。我々は日本の警察から『企業舎弟』とか『フロント企業』などと呼ばれるのにも辟易《へきえき》している。経済上は一般企業の経営と何ら変わりがないのにな。我々が開拓した業界に、遅ればせながら日本の大手企業が参入し始めたくらいだ」

「それはよく知っている」ＦＢＩと思《おぼ》しき男が大げさに頷く。

「ただ、そこで競争相手を強制的に排除することがあってはならない。競争原理が働かないようでは不健康極まりない」

相方の青い目の男が無表情に言うのを聞いた途端、宝田は怒鳴り声を上げた。額には青筋が浮かぶ。

「ふざけんな！　アメリカは国の総力を挙げて日本の自動車会社を潰しにかかったこともあったじゃないか。あんたのところの腐った会社を助けるためにな。それで日本の会社だけでなく、わしの地元がどれだけ被害を被《こうむ》ったか想像できるか？　何人の零細企業主が首をくくったか知ってるか？」

宝田は目を剝いて続けた。

「おい、あんたら何も考えていないだろう。わしらはな、やれ宗教だ、肌の色だなどと理不尽な言いがかりをつけて介入してくる屑《くず》を掃除しているだけだ。ちゃんと調べるんだな、屑たちのバックグラウンドを」

二人のアメリカ人は宝田の目を見た。宝田も強い視線を外さなかった。十秒以上の沈黙の後、根負けしたようにＣＩＡらしい男が目を逸らして言った。

「ミスター・宝田。ニューヨークの薬の拠点を一ヵ所摘発させてもらいたい」

宝田は真一文字に口を結んで答えない。

「中南米と連絡を取っている拠点があるはずだ」

「……ＦＢＩやＣＩＡの点数稼ぎに協力しろっていうのか？」

その言葉を最後に宝田は長い沈黙に入った。

宝田は極盛会本部の総長室に戻ると、四代目総長の岸本忍に切りだした。

「どうやらわしも身体が言うことをきかなくなってきたよ」

「叔父貴にそんな言葉は似合いませんが、どこかお悪いのですか？」

「この渡世で真っ当に布団の中で死ねるとは思っていないが、どうもレバーの具合が悪くてね」

「手術が必要なほどですか？」

「普通の手術じゃダメらしい……ははは」

細い笑い声を上げた宝田は土色の顔で隠居の申し入れを始めた。

「それで、組はどうされるおつもりですか？」

岸本は宝田の身を案じるように丁寧な口調で気遣った。自身の養育係でもあった宝田を、岸本は若い頃から慕っていた。

「組の仕切りは、これからもっと若い奴にやらせようと思う」

「叔父貴はゆっくり養生して下さい」

「ありがとよ。そこで四代目、ちょいと相談なんだが、わしのレバーは国内では手の施しようがないらしいんだよ」

「そんなに悪いのですか？」

岸本の顔がさらに曇った。

「まあ、その分野では日本の医学が相当遅れているということらしい」

「日本の医学は世界でも有数と聞いていましたが、そうではないと？」

宝田はふと笑みをこぼすと、岸本に訊いた。

「四代目、日本で心臓移植がこれまで何回行われたと思うかね？」

「心臓移植ですか……大昔に札幌で有名な大学教授がやった時は話題になりましたね」

「そう、その一回限りなんだよ。ところがアメリカに行くと、一つの病院で一日二回も三回も手術が行われている」

「そんなに差があるんですか」岸本は素っ頓狂な声を出して驚く。

「医学でも移植となると、日本はアメリカに二十年は遅れているそうだ」

教え諭《さと》すように宝田は若い四代目の顔を見つめた。

「やっぱりアメリカという国は広くて深いですね。だから我々もおいそれと入り込むことができないんだ」

岸本はぐいと酒を空けた。その杯にすぐ酒が足される。

「しかし、現実にはニューヨークを少しずつ仕切り始めているのだろう？」

「まだまだですよ。叔父貴、ところで相談というのは何事ですか」

「ああ、そのことだが……」

宝田は一瞬逡巡しながらも、迷ったそぶりを打ち消すように語気を強めた。

「わしはアメリカで生体肝移植をしようと思っている。しかし、アメリカ国家は、わしら日本のヤクザをアメリカ国内に入れることを拒否している」

「患者の入国もですか？」

「そうだ。ただ、条件を突きつけて来やがったんだよ」

「条件？」

岸本が身を乗り出して尋ねた。

「司法取引という奴だ」

「あいつらの考えることと言ったら……。手術をさせる代わりにどんな取引をしたいと」息を荒らげて岸本は憤《いきどお》る。

「組の実態を暴露しろとさ」

「まさか。組を売れ、ということですか？」

杯を持った手が揺れ、酒がテーブルにこぼれた。

「早い話がそうだが、わしだって黙って頷くほど馬鹿じゃない。ただ、何かしらの手《て》土産《みやげ》を持たせてやらなければならない」

「税務署の調査みたいなものですね」

岸本はくっくっと歯を見せて笑った。宝田もつられて豪快な笑い声を上げたが、急に真顔になった。

「東海岸に鉄砲玉を何人か送って済む程度なら、取引にも応じるがな。奴らはパクられても国外追放で終わるだろう。それでは足りないと言われたら、わしも言ってやるよ。てめえの前でおめおめと命乞いするつもりなんか微塵《みじん》もないってな」

岸本は大きく首を振った。

「極盛会が叔父貴を見捨てるなんてことは絶対にありません。一旦、尻尾を切ったふりをすればいいんです。奴らが喜ぶような手土産を考えてみます」

岸本は頭の回転が実に速かった。

「四代目、迷惑をかけてすまない。今まさにＦＢＩの捜査官から打診を受けている」

「そいつは日本のアメリカ大使館にいる奴ですね」

「どうやらそうらしい」

「ＣＩＡもつるんで来ませんでしたか？」

「やつらはマフィアに関しては仲良く共同歩調を取っていると、ロシアの連中が教えてくれたんです」

「鋭いね。まさにそんな感じの男が同席していたよ」


「やつらはマフィアに関しては仲良く共同歩調を取っていると、ロシアの連中が教えてくれたんです」

　極盛会は今や世界中でビジネスを行っていた。

「さすがに四代目は優秀だ。わしが分からんことをよく知っている」

　岸本は神妙な表情で宝田の杯に酒を注ぐと居住まいを正した。

「俺は叔父貴が築いてくれた組織に乗っかっているだけです。少しは役に立たないと他に示しがつきません。叔父貴は俺が全力で守ります。まずはゆっくり身体を休めてください。アメリカの連中だけでなく、日本の警察も躍起になるでしょうが、若い奴らも育っていますから、そこは巧《うま》く」

「四代目に話をして安心したよ。まあ、動き出すのは数ヵ月後だが、わしはまず、表舞台から消えてみせるわ」

　宝田は手をひらひらと振った。

　それから二週間後、宝田はロサンゼルス行きのファーストクラスシートに身を委ねていた。

「白ワインを……二つもらえるかな」

隣席には悦子が眠っていた。

＊

医療行為の中で提供者《ドナー》から受給者《レシピエント》に組織や臓器を移し植える手法を移植という。日本国内における腎臓移植を希望する患者数は一万人を越えているといわれているが、実際に移植手術を受けることができるのは年間二百人にも満たない。

肝移植には、亡くなった人の肝臓を移植する「脳死肝移植」と、親など近親者から肝臓の一部を移植する「生体肝移植」がある。

脳死と判定された際に肝臓を提供することに同意するドナー数は極めて少ないことから、臨床の場で行われているのは生体肝移植がほとんどだ。

生体肝移植では、レシピエントの肝臓をすべて摘出したあと、ドナーの肝臓の三分の二以下を切除し、レシピエントに移植する手法が一般的だ。肝臓には強い再生能力があるため、通常ドナーの肝臓は切除後数ヵ月もすれば、ほぼ元通りに回復するという。

大変なのは適合するドナーを見つけることだ。移植希望登録後、六ヵ月から一年程度はかかると言ってよい。

数百万円から数千万円かかるとされる費用は、ある一定の基準を満たした肝移植については公的保険が適用されるようになった。生体肝移植が保険診療となって、厚生労働省はその基準を再提示した。

国内で移植手術を受ける場合、原則的にドナーの検査や手術、入院費用はすべてレシピエントの保険から賄われる。それらの総額は、約二〇〇〇万円から四〇〇〇万円が目安だ。

保険が適用されない場合は七〇〇万円から一二〇〇万円程度の実費が必要となり、合併症などで入院期間が長引けば二〇〇〇万円を越える場合もある。それでもアメリカなど海外で移植手術をすることを考えれば格段に安い。

一方で、日本における臓器移植の症例はアメリカの数百分の一にも満たないのが現実だ。近年、ようやく国内でも肝移植手術のガイドラインが整ってきてはいたが、相応の技術をもった医師の数が圧倒的に不足していた。

ロサンゼルスに降り立った宝田は、その足で五十嵐から紹介を受けた医師の宇田川《うだがわ》彰三《しょうぞう》が非常勤で入っている個人病院、ヒューストン・クリニックを訪れた。

「宇田川先生、ドナーというのはどうやってみつけるんだ」

「それはアメリカ国内の話ですか？」

「一日も早く手術をしたい。金は積む。通常の順番待ちではなく、わしに適合するドナーがいたら、すぐにでも移植したいんだ」

「お気持ちはわかりますが、移植手術を受けようとする方のほとんどが宝田さんと同じようにお考えなのです。世界中の富豪の中にも肝臓や腎臓の病気で苦しまれている方が大勢いらっしゃる」

宇田川が白衣の袖を捲《まく》り上げると、よく日焼けした逞《たくま》しい腕が露になった。顔つきから判断すればまだ三十代半ばだろうか。だが宇田川がまとっている泰然《たいぜん》とした雰囲気はベテラン医師にも似たものだった。

「金だけではなんともならんというわけか？」

「そうですね。フィリピンならば金次第で優先的に手術ができると思いますが、アメリカではちょっと難しいかと」

「しかし、わしの余命は半年か一年といわれておる。一時は死ぬのも悪くはなかろうと思っておったがね。移植手術をすればほぼ確実に治ると言われてしまうと、欲が出るもんでな」

　その表情から暴力団の組長の面影は消えていた。まるで死に直面しながらも穏やかにホスピス病棟を歩く初老の紳士のようだ。

「そのお気持ちはお察しいたします」

「宇田川先生、表のルートだけじゃないんだろ？」

　宝田の顔に再び小狡《こずる》そうな笑みが戻った。

「まあ、ないとは言いませんよ、宝田さん」宇田川は髪をかき上げた。

「宇田川先生が普段執刀するのはどこの病院なんだ？」

「カリフォルニアのロングビーチにありまして」

　宝田は燦々《さんさん》と太陽が照りつける西海岸の青い海を想像して目を細める。

「ロングビーチか……名前がいいな。バカンスに出かけるようだ」

　宇田川の小麦色の腕に視線を落としながら宝田は呻《うめ》く。

「いいえ、ロングビーチは軍港でもあり、西海岸でも有数の港湾都市ですよ」

「どのあたりにあるんだ？」

「そうですね。ここから車で一時間もかかりません」

「いい病院なんだろう？」

「それはもう。日本国内にあれだけの設備をもったところは皆無でしょう」

「アメリカの病院というのはそんなに進んでいるのか」

「日本の病院が遅れすぎているのです。病院と診療所、それ以上の差がありますよ」

「日本の医学は進んでいるんじゃないのかね？」

宇田川は腕組みをして答えた。

「脳神経や腹腔鏡のような分野は世界でもトップレベルです。しかし、移植となると、どんなに贔屓目に見ても二十年は遅れていますね。アメリカでの臓器移植手術件数は年間数千件を超えますが、日本では二桁といったところです」

宝田は唸り声しか出なかった。

「単刀直入に聞くが、アメリカ国内では臓器売買は行われていないのかい？　違法だろうが何だろうが欲しい奴は山ほどいるだろう」

「当然行われていますよ。こちらでは、完全にビジネスとして根付いていますね。先日実態が暴かれたある臓器売買組織は、起訴状によれば、一千体以上の遺体を損壊し臓器を持ち出していたそうですよ」

宇田川は首をすくめて小さく笑った。

「遺体損壊って、そいつらは何もんだ」

「一言で言えば葬儀屋ですね。臓器売買組織そのものは、ここ十年間で五〇〇万ドル以上の純益を上げたそうです。臓器のほか、骨や皮膚まで利用できる器官はすべて葬儀の前に遺体から抜き取るのです。このルートから調達された臓器や器官だけで、欧米全体で一万人以上がすでに臓器移植を受けているそうです」

「なるほど……ドナーか」

宝田の目に好奇心が浮かんだ。

「ところでわし用の臓器はどこから入手する予定なんだ？」

「日本で行った検査結果についてはブローカーに連絡済みです。案外早く手に入るかもしれません」

「なに、先生にもブローカーが付いているのか？」

宇田川はゆっくりと数回頷きながら宝田の肩に手を添えた。

「正規のルートを通していては時間が足りませんからね。このことは五十嵐先生には伏せておいて下さい。これはあくまでも私個人のルートであって、聖十字病院とも関係がありません。ひとまずドナーが見つかるまで、東京の五十嵐先生のところでご静養ください」

そう言うと、宇田川は派手なダイバーズウォッチに視線を落とした。

# 第二章　現地

西葛西の小料理屋「しゅもん」のカウンター席で顔なじみになった会社経営者の伊《い》東《とう》は、黒田の猪口《ちょこ》にぬる燗を注いだ。伊東はここ西葛西で不動産会社を営んでいる。

「黒田さん、一度Pパブに行ってみませんか?」

「Pパブ……ですか?」

「Pというのはフィリピンの略語ですよ。フィリピン好きは、皆『P』と呼ぶんですよね」

「ええと、フィリピンの語源は……」

「スペインのフェリペ国王の名前から来ているそうですね」

黒田は視線を落とした。

「あまりお好きではないかな」

「いやその、どうも外国人パブというのは苦手で」

「それは経済発展途上の国だからですか？」

「かつて『じゃぱゆきさん』とか言われた時代がありましたが、未だにフィリピンやタイ、韓国への買春ツアーは陰で人気です。何となく抵抗感はありますよ」

かつてフィリピン狂いの上司がいたことを思い出し、黒田は顔を歪《ゆが》めた。

「彼女たちも決して好きでこんな商売をやっているわけじゃないと思います。家族だけでなく一族を喰わしてやるために懸命なんですよ」

「なるほどね……」

「今まで外国人パブに行かれたことはあるんですか？」

これまで何度も強制捜査で外国人パブに入っていたが、この場でそれを口にすることはできなかった。

「一応上司に連れられてひととおりは行っています」

「でも、そのＰパブは他とはちょっと違いますよ」

伊東はおどけてウィンクをした。

「店の女の子の半数が偽装結婚しているんですよ！」

「えっ、偽装結婚だって？」

黒田の捜査官としての触角が敏感に反応した。

都内にあるフィリピンパブは五十軒を越える。特に江戸川区の小岩と西葛西に店が集中していることは外事警察からの情報で知っていた。

「日本国籍を取得しておいて、母国の恋人との間で子供を作り、これを日本人の夫に認知させる。認知させたらすぐに別れるんです。そして、母国の恋人を呼び寄せて、日本の役所から生活保護を貰って暮らしているわけですよ」

関心を寄せて来た黒田に気をよくしたのか伊東は捲し立てた。

「そりゃ、二重の犯罪ですね」

「しかし法的にはどうにもならない訳でしょう？」

「偽装結婚そのものが立証できれば、詐欺罪が適用されるでしょうね。伊東社長、一度そのPパブとやらに連れて行って下さい」

「いいですよ。今夜決行といきますか？」

カウンター越しに二人の会話を聞いていた板長の敏ちゃんが笑った。

「黒田さんもいよいよ悪の洗礼を受けるわけですね」

「社会勉強というよりも、実態把握ですよ。うちの会社に舞い込む相談事も、最近は外国人絡みのものが増えました。もっぱら中国と北朝鮮関係ですけど、他の奴らも美《お》味《い》しい話があれば必ず真似をしてきますからね」

「僕の友達もフィリピンの女の子と結婚していますが、彼は健全ですよ。フィリピンの彼女の家に里帰りすると、まるで殿様がご帰還してきたかのようなお祭り騒ぎになるそうです。毎月五万円を仕送りしてやっているだけだって、彼は言っていましたが」

「なるほど。お友達は彼女とどこで知り合ったの？」

「この近くのフィリピンパブですよ」

そこへ伊東が口を挟んだ。

「まあ半分は偽装結婚だけど、真っ当ないい子だっていますよ。フィリピーナは明るくて可愛いですからね。いろいろな血が混ざっていて、スペイン系なんて本当に美人ですよ」

敏ちゃんも同感といった表情で言った。

「確かに友達の彼女もスペイン系でしたね。綺麗な子ですよ」

それからイシガレイとホウボウのお造りをぬる燗で食べると、黒田は伊東と一緒に近所にあるフィリピンパブに向かった。

店は比較的新しいビルの二階にあった。四階以上は賃貸マンションになっている。地下一階から地上二階は商業施設になっており、三階は不動産管理会社が入っていた。

店の二重扉を開けた黒田は、その広さに驚いた。銀座三丁目にある昔ながらの大衆キャバレーのようだ。フロアの中程にあるステージの広さだけでも幅一五メートルはある。

「時折、ここにPのゲイボーイダンシングチームが来るんですが、これを目当ての客も多いんですよ」

「ゲイボーイですか……」

黒田が一瞬顔を顰《しか》めると、社長は首を振った。

「彼らは立派なショーマンでね、普通の女の子よりも綺麗なお兄ちゃんも多いんですよ」

「その世界はあまり詳しくはありませんが、都内でも新宿二丁目というエリアが成り立つのですから、それなりの需要もあるんでしょうね」

「まあ、日本では同性愛者の結婚が認められるようになるまでは、まだ相当な時間が必要でしょうね。ですがアメリカでは州によってはオーケイだ」

「ある意味、大票田での選挙対策とも言えますけどね」

「地域によっては宗教色が前面に出てくる国ですから」

話題が政治に変わったところで黒田が話の方向を改めた。

「ところで、これだけ広い店だと女の子だけでも相当の人数がいるんでしょうね」

「四、五十人はいるんじゃないかな」

「すると相当大きなプロモーターがバックにいると」

「昔はそんな仕事をするのはこれモンが多かっただろうけど……」

伊東は自分の右頰の上方から右手の人差し指で斜めに切るような仕草を見せた。

「最近は違うんですか?」

「まあ、全て違うというわけでもないでしょうが、錦糸町あたりで一儲けした一般人が、手広くやり始めたりね。一概にそっちの人とは言えないようです。まあ、裏の付き合いはあるでしょうけどね。何と言っても、彼女たちが向こうを出国するまでの裏取引が大変なようですから」

「つまり、賄賂《わいろ》ということですか?」

「そう。あの国で何か仕事をしようとすれば、必ず賄賂が必要ですからね」

「ははは、そのようですね」

黒田が店内を見回していると、店を仕切っているらしい若い男が伊東の元に駆け寄ってきた。

「社長、いつもありがとうございます。ルミちゃんでよろしいですか？」

「相変わらず繁盛しているな、アライさん」

「はい、お陰さまで」

ボックス席に案内されると、端正な日本語を話す若い男は人懐っこく笑った。その顔立ちは日本人ともフィリピン人とも言いがたい。

「彼は二世でね、あいつのお袋も妙な国際結婚したんですよ。といっても、向こうで結婚して、あいつが小学校高学年の時に親子で日本に来たらしいんですが、日本に来た途端に親父が消えてしまったという」

「消えた？　日本人でしょう？」

「親父に当たる男は当時、中古自動車を扱っていたそうです。なんでもこっち方面の連中と付き合いがあった。仕事のつてを辿ってフィリピンに渡ってから結婚して、彼が生まれた」

伊東は指でヤクザもんを表すジェスチャーをしながら続けた。

「彼とその母親が海を渡ってこちらへやって来たころには、商売の方はすっかり転落し、こっち方面からは追い込みを掛けられていたようで。結局行方知らずだと言います」

「追い込みを掛けられていたというと、踏み倒して逃げたんですか？」

「まあ、はっきりしたことは知りませんがね」

「すると今頃、彼は東京湾の底に沈んでいるのかもしれませんね」

「ヤクザって本当にそんなことをするんですか？　テレビドラマみたいなことを」

「……僕も何度かそういう仏さんを見たことがあります」

「何度か？」

伊東が思わず黒田の顔を覗き込んだ。黒田は内心しまった、と思い慌てて取り繕った。

「保険調査の仕事をやっていると、身元不明のご遺体を確認しなければならないこともあるんですよ」

「なるほど……大変なお仕事ですね」

すると四人のフィリピーナが黒田たちのボックス席にやってきた。彫りの深い美形のひとりが、

「イトウさん、ウレしいー」

と言って勢いよく社長に飛びついた。ルミという名の子だろうか。

「キャー、シャチョー」

甲高い奇声をあげながら、もう一人も社長の隣に座る。

黒田はフィリピンパブで耳にする、何とも形容しがたいハイトーンの声が苦手だった。黒田の両脇には中国系と思われる比較的整った顔立ちの子が付いた。

どの子も脚線美が見事である。短いスカートの下から伸びる脚は真っ直ぐだ。

この時ふと、黒田はかつて付き合っていた川口文子の美しい脚を思い出した。彼女もあちらの女性特有の綺麗な脚をしていたな……。

慌てて浮かんだイメージを振り払うと、黒田は自分を呪うような気持ちになった。

「やはりこの店の半数は間違いなく偽装結婚ですよ。もしかしたら面白い客に会えるかもしれません」

「面白い客?」

「土建屋の親父なんですが、奴のこれがフィリピーナで」

伊東は小指を立てた。

「いわゆる愛人なんですか?」

「そうそう。それも自分の会社の土工と偽装結婚させているんです。そのカップルの子供は、実はその土建屋の親父が作った子でね。親父もいい気なもんで、その子が通っている学校のPTA会長まで引き受けている」

「さすがにそんなことはできないでしょう。いくら自分の子供だと言っても、戸籍上は違うわけですから」

「それが、土工は子供が小学校に上がる前に失踪したそうです。社員の子供は自分の子供も同然とかいうことで、養子縁組こそしていませんが、新しい父親を名乗ってPTAに入ったそうです」

「珍しい話ですね」唖然として開いた口が塞がらない。

「数少ない地元の名士の一人ですからね。学校側としても面倒な仕事を進んで引き受けてくれるということで、いい話だったんじゃないですか」

飲み物が運ばれ、ホステスたちは勝手に好きなメニューをオーダーし始めた。

「唐揚げ、焼きそば、フルーツ盛り合わせー」

女の子の腰に手を回しながら、伊東は鷹揚に頷く。

「彼女たちのプロポーションで何か気になることはありませんか？」

そう伊東に尋ねられ、改めてホステスたちを眺めた。美脚で、バストも豊満な彼女たちではあったが、皆お腹だけぽこんと出っ張っている。

「貧しい子の特徴なんですよ。子供の頃から毎日三食食べられたことなんてない。だから、食べられる時にがむしゃらに食べるんですね。その結果があの体型ですよ。現地に行ったら、腹が出ていない女の子は比較的裕福な子だと思っていい」

「なるほど……」妙に納得した。

食事が運ばれてきた。

「食べる？」

一応客を気遣っているのだろうか。黒田が遠慮すると、彼女たちは食事にありつけてラッキーとばかりに、客そっちのけで旺盛な食欲を爆発させている。

「彼女たちが一段落するまで、ちょっと待ちますか」伊東は笑う。

しばらくすると、お腹を満たしたフィリピーナたちがようやく向き直って接客を始めた。

「お兄さんかっこいいね。シャチョーの友達？」

「そう。飲み友達だね」

「ここ初めてね。シャチョーと一緒にどこで飲んでるの？」

「地元ばかりだよ」

「お兄さんもニシカサイに住んでる？」

「そうだよ。君は？」

「私たちは隣のカサイ。店の半分くらいはみんな、そう」

「……半分は結婚しているってこと？」

「そう。でも、ダンナさんが一緒の人は少しだけね。子供いる人もいるよ。でもシャチョーさんは結婚している女の子嫌いだから、ここにいるのはみんなシングルよ。一緒にいる」

「四人一緒に住んでるの？」

女の子は笑って目を大きく見開いた。

「ううん。私たちの部屋には八人いるよ」

「へー、八人か……。部屋は広いの？」

「二DKで狭いよ。部屋に二段ベッドが二つある。トイレは大変ね」

彼女たちの待遇は一昔前とほとんど変わっていないのだろう。日本に出稼ぎに来て懸命にお金を貯める彼女たちも、母国に帰れば周囲よりも落ち着いた生活ができるに違いなかった。日本に来たくても来ることができない女性はたくさんいるのだ。

「休みの日は何をしているの？」

「休み？　ハハハー、ないよ」

「毎日仕事？」

「そう。休むとお金入らないし、お金使うから、もったいない。お店来ればご飯も食べれるね」

「辛くない？」

「楽しいこともあるよ。今日はラッキーね。社長さんの席だし、お兄さんかっこいいからね」

「ディズニーランドとか行ったことある？」

「日本に来たとき、一度だけオーナーが連れて行ってくれた。きれいだった」

「また行きたいと思った？」

「思うけど、高いからね。フィリピンに帰る前にもう一度行きたい。温泉にも行きたい」

夕方五時から午前一時までが彼女たちの勤務時間だ。その後、客と食事や飲みに行くこともあるらしく、しきりに黒田の携帯番号を聞き出そうとしたが、はぐらかした。

「アフターは客次第。金で付いてくる子もいれば、客を気に入って付いていく子もいる。でもそういう子だって、金を渡すと喜ぶけどね」

気に入った子がいたらこの後もどうぞ、と伊東は暗に勧めているのだろうが、全くその気にならない。

店には二時間ほどいたが、会計は思ったほど高くはなかった。

外に出た。伊東は黒田を覗き込んで言った。

「黒田さんの英語は本場仕込みって感じですね」

「中学時代にイギリス人のシスターから習っていましたから、正しい発音を覚えるのは早かったですね。ただ、ボキャブラリーはありませんけど」

「Pの女の子相手なら、立派なブリティッシュジェントルマンという感じでしたよ。でもやっぱりPは苦手なようですね」

「どうしてもくだけすぎるというか、金を払う相手ではない……というか。すみません」

「銀座や赤坂の高級クラブに慣れていらっしゃると、そうかも知れませんね」

「いや、真面目腐ったことを言うようですが、もっと効果的に金を使って国を豊かにさせてやればいいのにと、彼女たちを見ていて思いました」

伊東も大きく頷く。

「そうですね。でも、未だに中国、韓国からもあのような出稼ぎは後を絶ちません。こういう仕事でないと庶民は金を稼ぐことができないんですね。それが現実だ。ビジネスをやる上では、この現実こそ直視しないとね」

「社長のように手広く仕事をなさっていると、実感としてお分かりになるのでしょう」

「あれだけ『豊かになった』と言っている韓国だって、街は汚いし、ごく一部の都心以外ではトイレットペーパーを便器に流せないし、日本の水準に追いつくにはまだまだ時間がかかりますよ。いわんや中国をやです」

社長は黒田に教え諭すような口調になっていた。黒田の海外経験は叩き上げの警察官としては少なくなかったが、それでも豊かな国ばかりを歩いていた。立場上、共産主義国家や旧東欧諸国に足を踏み入れるには、相応の理由と厳しい決裁を経ねばならなかった。

「でも、フィリピーナは底抜けに明るいですよね」

「ええ。彼女たちはあれでも楽しんでいるし、自分をラッキーだと思っている。偽装結婚と言っても、彼女たちは日本国籍を得ることができるし、子供には教育を与えることができる。特に若くて容姿に恵まれた子なら、家族、いや一族を救ってくれるパトロンに出会えるかもしれない。一族の中には臓器を売って生きている者だって少なくないはずですよ」

「臓器売買ですね……」

「日本の我々がどれだけ恵まれているか、私は自分の子供たちに教えています。ハワイやグァムだけでなく、フィリピン、中国、タイといった途上国の子供の姿を間近で見せてやるんです。この国に感謝するようになりますよ。当然、親にもね」

社長は笑いながら言ったが、案外核心を捉えていると黒田は思った。日本の犯罪少年をそのような地域に送って、もう一度日本に帰りたいと切望させるような更生方法もあるのではないか。世の中を舐《な》めきって権利ばかり主張する甘い性根を叩き壊さない限り、犯罪少年の更生は難しい。黒田は所轄での経験を通してそう考えていた。

そのためには、まず自分自身が海外の状況を知っておかねばならない——黒田は頭を高速回転させた。

「では社長。今度、一度フィリピンへ行ってきますよ」

「ほう？　急にどうされました？」

「世の中の役に立つ仕事をもう少ししてみたくなりました」

「いい表現だな。黒田さんらしい。興味があったら、先ほど話した臓器のバイヤーも紹介しますよ」

「臓器のバイヤー……ですか？」

さすがに黒田は驚いた声を出した。

「ええ。日本人でね。なんでも政財界や裏の連中とも付き合いが深いみたいですよ」

「その人もこの辺りにいるんですか？」

「いえ、普段はフィリピンを根城にしていますが、時々、美味いモノが喰いたくなって日本に帰ってくるんですよ」

「裏稼業なんでしょうね？」

「はい。アメリカ、フィリピン、中国と、稼ぎ回っていますよ」

「アメリカでも？」

「中国にいくら金があって、臓器があっても、安心して移植できるだけの環境と医療技術がありません。いきおい、施術はアメリカでということになります」

ハワイのカハラリゾートで見かけた宝田宗則の顔が頭をよぎった。宝田はどうやって適合ドナーを確保したのだろう。裏にきっと何かある、そう直感すると心の中で呟いた。

——探る価値はあるな。

＊

翌日、デスクに戻ると公安総務課長の飯田から呼び出しがあった。黒田よりだいぶ若いが、キャリアの出世は早い。

「ハワイで黒田さんが撮った写真は、宝田宗則とその愛人で銀座のクラブママをしている、饗庭《あいば》悦子であることが判明しました。宝田は昨年、二回渡米しています。六月と八月です。行き先は二回ともロサンゼルスでした」

「アメリカがヤクザの大物をよく入国させましたね」

黒田は不思議そうに肩をすくめた。

「そこが問題なんです。警察庁の組対が写真の出所と撮影場所を執拗に追っかけているみたいで」

飯田は苦笑した。

「すると察庁は宝田の出国を知らなかったわけですか？」

「地元の愛知県警も行方不明という報告を上げていたようです」

愛知県警は宝田がかかっている地元病院に協力者を作れなかったのか。情けない。

「すると出国関係の資料はうちから察庁に渡ったのですね」

「そうです。写真の照会時点で察庁は公安部長に事実確認を行ったようです」

「中村公安部長を巻き込んでしまったわけですね」

「しかし、公安部長も副総監からの依頼でしたから、結局は察庁の刑事局長が副総監に尋ねたようです」

複雑な表情で飯田は唇を突き出した。

宮本の後、古賀がリリーフ的に総監を引き継いでから半年ほど経っていた。副総監には昨秋に刑事局畑の岡本政明警視監が就任していた。副総監は刑事畑でありながらも警備警察の経験を持ち、情報室に関しても評価してくれていた。将来、警察トップワンツーに昇る可能性を残した逸材でもあった。

「なるほど。すると、僕の名前も出た可能性がありますね」

「はい。マスコミ情報ということにはできなかったようです」

「一緒にいた銀座のママの素性はどういうルートで判明したのですか？」

「これは、岡本副総監が彼女の顔を見た途端にわかったそうです。なんでも、かつて彼女がアイドルとして売れていた時のファンだったようで。その後、免許証の写真と彼女が取得した国際運転免許証の写真からも本人と確認できました」

「すると、ハワイにはすでに捜査員が派遣されているのでしょうね」

「それが、察庁は警視庁の情報室捜査員を派遣したい意向のようです」

黒田は怪訝な顔をした。

「ご指名ですか。われらが情報室も有名になったものですね」

「当初は賛否両論ありましたが、情報室が公安部各課や刑事部、組対部を横断した事件を次々に解決していく姿を見て、誰もがその存在意義を感じ始めたのでしょう」

「しかし警察庁の立場は違うのではないですか？」

「警察庁はアメリカのＦＢＩとは異なって、独自で捜査をする能力がありませんからね」

キャリア警察官は行政官であり、執行官ではない。これを飯田がどのように捉えているのか、黒田は確かめてみたくなった。

「そうですよね。警備と刑事の間に最も大きな溝を作ったのは警察庁ですからね。警察のトップの座を巡って、警備と刑事が競い合いを演じてきました。また察庁こそが、警視庁対道府県警という構図を作ってしまった感もあります」

「警察庁には悪しき伝統ばかりが残っていると言いたいのかな？」

飯田は不愉快と見え、口を曲げた。

彼の階級は警視正である。次に異動する際には警視長に昇任する。ここまで階級が上がると、組織に対する純粋な意見を批判や攻撃と捉える者も増えてくる。それにも拘《かか》わらず、黒田は歯に衣着せず物を言った。

黒田は飯田の性格をよく分かっていた。飯田は警備警察、特に公安警察の命である協力者の獲得や運営にあまり興味がない。そのため現場で苦労している情報マンをあまり評価しなかった。

公安部の中には職人と呼ばれる情報マンがいる。彼らは出世などまったく気にせず、ただひたすら情報を追いかける優秀な人材だ。彼らの中には、通常ならば本部一所属に五年以上留まることはないところ、余人をもって代え難いという理由で二十年以上異動がない者もいた。

今月、公安総務課内で警視庁本部勤務が二十年を越えた警部補が三人、突然所轄に出されていた。それも定年を来年に控えた三月にである。飯田が職人よりも、頭でっかちなお利口さんを優遇した結果だった。そんな飯田にまったく信頼を置いていないところに黒田の発言の裏があったが、彼は少しも気づいていないだろう。飯田は黒田のことを、これまでの警察トップに甘やかされた偉そうなノンキャリ警視と見ているに違いなかった。

黒田は持論を語った。

「警察庁に捜査機関ができたら面白いだろうな、と思ったこともあります」

「ＦＢＩスタイルですか、ＣＩＡスタイルですか」

「できれば両方ですね。その時は警察省になっているでしょうが」

「予算的なものもありますが、現在の警察予算の大半は地方予算ですからね」

「そうですね。そもそも近代警察の始まりが警視庁という地方組織だったことが未だに影響を残しているのでしょうね」

黒田は決して組織批判をしているのではなかった。犯罪は多様化している。広域犯罪捜査において、警察庁が今の体制で管理、指導していくには限界があると感じているのだ。

「それは地方格差が大きいということですか？」

「それもあります。日本の警察官二十五万人のうち五万人が警視庁勤務という一極集中は、衆議院議員選挙の一票の格差を大きく上回る歪みといっていいかも知れません」

「まるで、現在の警察制度が憲法違反とでも言いたげですね」

飯田は黒田の意見が気に障ったのか語気を荒らげた。

「都道府県格差はこれから広がるばかりだと思います。人口が都市に集中すれば必然的に税収に大きな差がついてきます」

黒田は気にせず続けた。

「なるほど……すると道州制でも持ち込んでもう少し大きな括《くく》りで地方をまとめた方がいいと思うわけですね？」

「少なくとも、格差の是正と、警察運営に関してはそう思いますね」

飯田はこの話題に興味を持ったように見えたが、所詮地方警察のノンキャリの発想だと最後は切り捨てるだろう。

「今の警察庁では組織運営が困難だと？」

「困難とは申しませんが、現在の警察庁警察官のほとんどが地方からの出向組です。国家に目が行くのではなく、思考の根本が出向元の道府県警察に向いてしまっている。内閣官房に他省庁から出向して、内閣のことよりも出向元の自省庁の利益を考えている連中と同じではないですか。情報室が事件捜査をする中で何度もそう感じました」

「すると、警察庁内の人間が地元の道府県警にこっそり情報を流していたとでも？」

「はい。調書を読んでいただければわかります。警察庁の補佐クラスに多く見られる傾向です。これは警察大学校や管区学校の教授陣にもそんな方が結構いらっしゃる」

「それはどういうことですか？」

「地元の学生を優位にする。そしてアンチ警視庁ですね」

黒田ははっきりと言った。

「ははは、考え過ぎじゃないかな。警察大学校の成績評価は極めて平等ですよ」

「そうですか？　失礼ながら課長は警察に入られて成績が付くようなコースに入ったのが警大の本科だけだったからでしょう？　私なんか管区学校だけで六回、警大も四回行っていますからね。実態はよく知っていますよ」

みるみるうちに飯田の顔が赤らんだ。そろそろ引き際だろう。

「まあ、我々はその前に国家Ｉ種というふるいに掛けられていますからね」

キャリアの本音を吐露した飯田にうんざりした黒田は、慇懃に頭を下げた。

「我々一般警察官は所詮地方公務員初級クラスですから、現場のことを考えるのが精一杯です。キャリアの皆さんには現場が働きやすい環境を作っていただければありがたいです。よろしくお願いします」

退室しようとした黒田を飯田が制した。

「そうそう。それで、海外出張の件ですが、情報室から人出しをしていただけますか？　組対か公総の人間を付けてもいいのですが」

「企画課長と話し合ってから早急に結論を出したいと思います」

「……わかりました」

再び頭を下げて公総課長室を出た。

自席に戻った黒田を、多忙きわまりない総務部企画課長の野々辺が呼んだ。

「黒ちゃん。飯田公総課長と何かあったの？」

野々辺は心配そうな顔をして黒田の様子を窺《うかが》った。

「情報室のメンバーをハワイに派遣したいと呼ばれました」

「それもあったが、なんだか、黒ちゃんのことを不穏分子のような言い方をしたから、ちょっと心配になったんだ」

「広域捜査の手法でちょっと問題提起しただけなんですが、あの若い課長にはまだ早かったようです。反省しています」

大げさに首を垂れて見せる。

「まだ彼にはそれだけの心の余裕がないだろう。あまり刺激しない方がいいよ」

「失礼しました。ハワイ派遣の話ですが、実はうちの内田仁《うちだひとし》と栗原正紀《くりはらまさき》を別の場所に行かせたいんですよ。ちょっと気になる動きもあるものですから」

野々辺は意外そうに口をつぐんだが、すぐ納得した表情になった。その顔を一瞥すると黒田は続けた。

「アメリカ本土に行かせたいと思っています。それから私も一週間ほどマニラへ……調べたいことがありまして」

「マニラ？　宝田宗則の外遊と何か関係があることなんだな」

「あの男は転んでもタダでは起きない男です。ゆっくりハワイで静養なんて考えられません。何かしら企んでいることでしょう」

「わかった。では、早急に計画書を出してくれ。下野部長と岡本副総監には内々で話をしておこう。黒ちゃんが動き出すと、トップはどうもワクワクするらしい。婚前旅行に出かけたと思ったら、そこでまた大きなネタを仕入れてきたんだからな。御前会議でも話題だったよ」

肩を上下させながら野々辺は笑った。

「ありがとうございます」黒田は頰を掻《か》いた。

デスクに戻った黒田は世界時計に目をやると受話器に手を伸ばした。

「ハイ、クロアッハ！」

「ハロー、ジュン元気かい。この間はお忍びでハワイ旅行だったようだが、あれはビジネスの延長なのかい？　それとも待ちに待った嬉しい話が聞けるのかい？」

久しぶりに聞いたモサドのエージェント、クロアッハの声は弾んでいた。

「まだ報告するには早い時期なんだよ」

海を望むホテルのテラスでした遥香とのキスを思い出した。

「オーケー。彼女と水入らずのときに、あの宝田宗則を見つけてしまったわけだね」

「えっ？」

思わず息が止まった。モサドは宝田の動きを把握していたのだ。

「日本警察は相当慌てたようだね。奴はＦＢＩとＣＩＡを相手に司法取引をしたんだよ」

「やはりそうか……」

宝田の入国に関する疑問が解けたが、それにしてもあの時の宝田の楽しそうな表情は忘れがたかった。

「宝田の肝移植手術は思いのほか早く済んでね。司法当局もあまりのドナー適合の早さに驚いていたよ」

「ＦＢＩとＣＩＡ、二つと同時に司法取引ができるものなのかい？」

「日本はガチガチの法律で固められている司法国家だから考えにくいだろうが、アメリカは大統領周辺がゴーサインを出せばなんでもできるんだよ。合法的なことでなくとも、超法規的理由によりってね」

「しかし、宝田だって司法取引となると組織を売ることになる」

「そこは彼のことだ、賢くやるだろう」

クロアッハは日本のヤクザについても通じていた。

「奴らの点数主義を計算して、上手く話を持っていったに違いない。しかし、それ以上に僕は奴自身がハワイで醸《かも》し出していた妙な余裕が気になっているんだ」

「アメリカで何か新たな商売でも見つけたとでもいうのかい？」

「そのヒントが、君が言った『ドナー適合の早さ』だよ」

「なるほど……闇の臓器売買か？　あの世界は中国が最大提供者だが、生体肝移植となると、よほど迅速にブツを運ぶルートが必要だな」

しばし沈黙が流れた。クロアッハも頭の中で必死に情報を出し入れしているのが伝わってくるのだった。

「中間にフィリピンが介在していたとしたらどうだろう？」

黒田は率直に尋ねた。

「フィリピンか。確かに中国軍とアメリカ軍がこっそり手を貸していたとすれば、十分可能だな」

「なに？　アメリカ軍？」またしても言葉を失った。

「アメリカ軍はただの運び役になっているかも知れないし、案外アルバイト感覚でやっているのかも知れない。なんと言っても税関を通す必要がないからな」

「しかし、そこで妙な病原体でも持ち込まれたら大パニックになるんじゃないか？」

「いや、米軍基地からそれなりの検査機関を経由すれば、もし、中国が妙な菌を開発したとしても事前にチェックすることができる。いわば、一石二鳥の商売だ」

クロアッハの情報分析力は圧巻だった。どこからそんな発想が出て来るのか、黒田はモサドのエージェントの恐ろしさを改めて知る思いだった。

＊

上空から眺めるマニラの夜景は黒田の想像以上に明るかった。ANA九五一便は予定より約一時間遅れでマニラ・ニノイ・アキノ空港に着陸した。

タラップに出る。三月下旬の午後一〇時過ぎとは思えない、たっぷり湿度を含んだ熱気が充満していた。入国手続きは極めてスムーズだった。出張は公用であるが、黒田は敢えてビジネスクラス分を自費で支払っていたため、入国後の手荷物受け取りも早く済んだ。

伊東社長が教えてくれたとおりに第三ターミナルを出ると、右に折れてタクシー乗り場に向かった。マニラのタクシーは三種類あるようだ。ホテル専属のホテルタクシー、イエローキャブ、そして普通のタクシーである。伊東によると、空港で拾うなら普通のタクシーよりもイエローキャブの方が安心らしい。

イエローキャブに乗り込みホテルの名前を告げた。スカイウェイと呼ばれる建築途中の高速道路のコースを選んで高速料金二〇ペソを支払う。日本円にして四〇円である。

午後一時近くというのに、途中で大渋滞に引っ掛かった。すると運転手は裏道を抜けようと思ったのか、スラム街を突っ切り、街路灯もなければ舗装されてもいない道を進み始めた。思わず黒田はスマートフォンを取り出しマップで現在地を確認したが、あながち遠回りとも言えなかった。不思議なことにこのタクシーにはメーターが付いていない。これがマニラかと呆れながらも、途中で降ろされることのないよう願うばかりだった。

無事タクシーはマニラベイ近くのマラテに到着した。マニラの現在と過去が同居する地域で、ちょうど一昔前の新宿歌舞伎町の外れに似たところだ。黒田はホテルに近づいたところで伊東社長に電話を入れた。ホテル入り口で迎えてくれるという。

車のドアを開けると、伊東はウェルカムと言って笑顔を見せた。

運転手から料金を聞くと、六八〇ペソという。それを聞いた伊東は顔色を変えて運転手に抗議した。どうやら相場をはるかに上回る額を請求されているようだ。

言い争う二人に気づいたのか、ホテルのドアマンとバトラーが駆けつけて来た。運転手は「メーターのとおり」と、めちゃくちゃなことを言って伊東のクレームを突っぱねる。そのうち「英語はわからない」とタガログ語で喚《わめ》き立て始めたので、時間が惜しいと思った黒田は告げられた通りの金を支払ってホテルに入った。こうしていきなりボラれたわけだが、この手のことは海外では付きものである。興奮している伊東を逆になだめるのに苦労をした。

入り口には黒いレトリバーを連れたガードマンが黒田に向かって挙手注目の敬礼をして見せた。なかなか決まっている。黒田も節度をつけた挙手注目の答礼を返すと、ガードマンは驚いたのかピンと背筋を伸ばした。その後彼は黒田を見かけると、上官に対するかのように「サー」と言って挙手注目の敬礼で挨拶をするようになった。

翌朝、近くにあるハイアットホテル一階のラウンジに向かった。

伊東の知人で、移植ブローカーを裏の仕事にしているという男と会う約束だった。

ラウンジに着くと、彼はすでにソファーに座り、新聞を読んでいた。年齢は七十二歳と聞いていたが、一回りは若く見える。

「初めまして。朝から申し訳ありません、黒田と申します」

「いやいや、フィリピンは朝が早いんですよ。小学校なんか朝七時には授業が始まるくらいですからね。今もう九時でしょ、なんの問題もありません」

握手をし、黒田は「桜内保険　取締役兼企画部長」と肩書きが入った名刺を差し出した。男の名は枝野《えだの》左知男《さちお》といった。

「枝野さん、フィリピンは長いのですか？」

「そうですね。マルコス政権以前の頃からおりますから、かれこれ五十年になります」

枝野は顎を撫でながら黒田に鋭い視線を向けている。

「ほお……ところで、失礼ながら御社はどういうお仕事をされているのですか？」

「まあ、主に医療に関する様々な事業支援とでもいいましょうか。日本、韓国、アメリカ、フィリピンを中心に活動しています」

「医療関連の事業支援というのも幅広いのでしょうね」

「そうですね。現在のフィリピンの厚生大臣は元々ナショナルキドニーセンターの医師上がりで、私も彼が若い頃から支援している一人です。そのセンターは腎臓移植手術の専門機関のようなところです」

こともなげに言った。

「ところで本題ですが、移植を希望されていらっしゃる方はお幾つくらいなのですか？」

黒田は腎臓移植希望者の代理人という設定で面談を依頼していた。移植手術を実施する手順と、腎臓のみならずあらゆる臓器の売買システムについて探るつもりだった。思わぬ橋渡しをしてくれた伊東には感謝するほかない。

伊東は、詐欺師の大河内三兄弟に関する情報を黒田に伝えた人物だった。彼らがお縄となったとき、「やっぱり黒田さんに相談してよかったですよ。新聞で奴らの逮捕を見た時は鳥肌が立ちましたよ」と喜んだ。彼は未だに黒田のことを、警察と太いパイプをもった保険調査会社の役員と信じて疑わない。今回のマニラ行きについても、快く引き受けて様々な手配をしてくれた。

黒田は枝野を観察しながら説明した。

「移植を希望する方の年齢は五十八歳です。地位も名声もお持ちの方なので内々にやっていただきたいのです。彼は現在、アメリカと香港での手術を検討しているのですが、ある筋からフィリピンの移植現状を聞いたらしく、私のところに調査依頼がきたというわけです」

「なるほど。そういうことでしたら私も最高のメンバーを揃えて対応しますよ。今日もこれから韓国の要人を知事と政府関係者に引き合わせなければならないんです」

そう話す男の顔が、これまで何人も見てきた詐欺師《トリックスター》たちの顔と重なった。

翌日の午後また会う約束をすると、枝野の姿はすぐに見えなくなった。

「黒田さん、まああんな感じですよ」

帰りの道すがら伊東はぼやいてみせる。

「しかし彼の情勢把握は的確ですね。明日、どの程度の条件を出してくるかが楽しみですよ」

「そうですね。僕も枝野さんについては、どこまでが本当でどこからがペテンなのか分かりません。ところで、キドニーセンターの見学は午後から行くとして、これから格安のマッサージでもいかがですか？」

「いいですね。僕は最近、タイの古式マッサージにはまっているんです」

凝り固まった肩と首に手を回して苦笑した。「連れていってください」

黒田は初めて踏み出すマニラの街への興味が膨《ふく》らんだ。ホテル最上階から見渡す光景は、貧富の差があまりに歴然としていた。整然としたメインエントランスの反対方向に目を転じると、そこにはスラム街が拡がっているのだ。

ホテルの正面には中国の道教らしい寺院があり、その門の前に百人を越す中国系と思しき老若男女が列をなしていた。みな朽ち果てた服をまとっている。

「あれはなんの行列ですか？」

「寺院が炊き出しをするんです。それを待っているんですよ」

「日本のホームレス対策のようなものでしょうか」

「そうですね。このちょっと先にはスラムがまだ残っていますし、教育を受けることができない子供たちがいっぱい裸足で歩いていますよ」

アルコールと汗が混じったような臭いがベタついた空気に溶け込んで、体にまとわりつく。

「高層ビル街のそばにあったションベン横町のような感じですね」

いろいろな人間がそばに寄って来た。金をせがむ子供や、見るからに偽物とわかるロレックスの箱を持って「シャチョーさん、ロレックス、バイアグラ」と声をかけてくる男も多い。野良犬、野良猫はどれも痩せていた。餌となるものが極めて少ないのだろう、なんとも哀れな姿だ。

交差点で、ジプニーという乗り合いバスのような車を初めて目にした。クラクションの音が至るところで飛び交っている。交通マナーなどないに等しい。

マッサージ屋はこの交差点脇にあった。二時間で六〇〇ペソというから十分間で一〇〇円の換算になる。日本のマッサージ屋の十分の一の価格だ。もっとも日給二五〇ペソで生きているこの国の庶民にとっては、手が出る値段ではないだろう。

マッサージはことごとくツボをはずしてくれた。

昨晩のタクシーといい、この国に対する印象が急降下していく。忌々しい思いを振り払おうと、近くにあるショッピングセンターに一人で足を向けた。

ショッピングセンターのフードコートでカレー風味のチキンと揚げ春巻を注文し、サンミゲルのドライビールとともに味わった。スパイシーで後を引く味だ。このビールもなかなか美味いのだ。独特の甘い香りとのど越しがこの風土にとても合っている。料理の美味さと安さには好感がもてた。

マニラ市の隣にかつての首都ケソンシティーがある。その中心地であるメモリアルサークルの南西にナショナルキドニーセンターはあった。道を挟んで少し行ったところには心臓病の専門であるフィリピン心臓センターがある。ここでは心臓移植手術が頻繁に行われているらしい。フィリピンは政府が移植を重要視しているのだ。

キドニーセンターを覗くと、診療科目の表示を見て驚いた。さまざまな臓器を冠した移植科の中には、Liver Transplant（肝臓移植）や Pediatric Nephrology Transplant（小児腎臓移植）の表示まである。

そこへ移植ドクターのネームプレートを付けた中年の医師が通りかかった。黒田は迷わず声をかけた。

「ドクター、私はこの病院で移植の患者待機リストに掲載されている者です。手術に使われる摘出臓器の保存はどのように行われているのですか？」

「あなたはすでに検査は終わっているのですね」医者は親切に振舞った。

「一ヵ月ほど前に終わっています」

「オーケー。ここは主に腎臓、膵臓、肝臓を扱う臓器移植に携わる国立施設です。死体臓器の他、生体臓器も必要に応じて取り扱いますが、その保存に関しては世界でもトップクラス、おそらくアジアでは最も優れた設備を持っています」

医師は眉を上下に動かしながら、分かりやすい英語で話す。

「しかし、フィリピン国内だけでそれだけの臓器が確保できるのですか？」

「ほとんどが国内で得られたものです。特にあなたのような日本人にはフィリピン人の臓器が最も適合し易いのですよ」

「日本人にですか？」

医師は驚く黒田に微笑んだ。

「そうです。ただ、国内では外国人を優先する臓器移植の流れに対して、これを是正しようとする動きがでています。法律案として国会に提出されました」

「それはフィリピン人をまず助けようとする運動なのですね」

「確かにそれもありますが、貧困からむやみに臓器を売るという現実を道徳的に阻止したいという国民の声が大きいでしょう」

これが発展途上国家の実態なのだ。黒田は唾を飲み込んだ。

「海外の一部の富裕層のために、自国民が臓器を提供して生き延びようとする姿を見るのは、フィリピンのリーダーとしては辛いでしょうね」

「しかし、このような施設を作ったのは国ですし、これを世界中の腎臓病や肝臓病患者は希望と捉えて注目している。私たちとしてはこの施設の運用から考えても、これまでどおりに移植手術が行われることを願っています」

医師の主張はよく理解できた。黒田は丁寧に礼を述べてその場を離れた。医師はおそらくアメリカ東海岸で勉強したのだろう、そのイントネーションはハーバードイングリッシュそのものだった。

＊

枝野との二回目の面談場所は、昨日会ったホテルではなく、マニラ市街地から車で三十分ほど離れたところにあるマカティー地区だった。そこはリトル・ニューヨークと呼ばれる場所で、東京で言えば大手町にあたるだろうか。午後三時にペニンシュラのロビーでと指示されていた。伊東とともに黒田はタクシーへ乗り込んだ。

約束の時間に枝野はペニンシュラのラウンジに現れ、二度目の面談が行われた。枝野のバッグにはたくさんの資料が詰め込まれていた。

「昨日韓国からの要人を案内した際に、向こうの企業関係者から合弁事業を持ちかけられましてね。元々は私が開発した薬品を原料にした健康食品なんですが、年間億単位の商売になるというんですよ。まあ、私にとっては大した金額ではないのですが、自分が開発したものが世に広まるということは医師としても嬉しいことなのでね」

枝野は黒田に先制攻撃を掛けてきた様子だった。

「ところで枝野さん、外国人に対する移植手術を禁止もしくは制限する法律案が、この国の国会に提出されているようですね」

　表情を変えず枝野は答えた。

「そうです。今の大統領は、国民の健康と教育に対する投資をし、不正や貧困と戦うことを選挙公約にしましたからね。一部の支援者の立場に従ってそう主張しているのでしょうが。しかし、今国会は最高裁判事の弾劾裁判に明け暮れていて、全く動いていないのですよ。おまけに、現在の厚生大臣は元々キドニーセンターの医師ですからね。彼がいれば間違いありませんよ」

「すると、私の知人はすぐにでも移植手術ができるのですか？」

「昨日あなたにお会いしてから、数人の医師とも連絡を取りました。まず適合検査をして貰う必要がありますね。そのために一週間の入院と検査が必要です」

「日本で受けた検査結果では何か問題でも？」

「あくまでも移植を前提とした検査です。日本の検査結果は一応参考にはしますがね。ご安心を、最高のスタッフを集めますよ。一人の患者に検査で五人、移植手術には八人の医師が専従するのです」

「八人のお医者さんが専従ですか」

　世界でも最高レベルといわれる日本の心臓手術にも五人の医師が関わっていたと聞

いたことを思い出し、黒田は頷いた。

「伊東社長のお知り合いですからね。主任医師はアメリカの大学でも有名な教授で、手術場所はキドニーセンターではなく、軍の基地内に出来た最新医療設備で行います」

「軍？」

予想外の言葉を聞いて黒田は体勢を崩しかけた。

「ご存知ないでしょう、最も安心できるドナーは軍人だということを」

まさかと思った。最も健全な身体が必要であるはずの軍人が自分の臓器を提供しようとでもいうのだろうか。

「軍人は腎臓なら提供できます。それだけじゃない。彼らは生体臓器の入手経路をもっているのですよ」

「しかし、生体臓器といっても肝臓や心臓をどうやって……」

「それ以上は私たちが関わる問題ではありません」

不敵な笑みを浮かべていた枝野は質問を遮った。

「ところで段取りや費用については」

黒田は話題を変えた。

「最高の施設で、最高の検査、手術ができます。確かに現在法律案が提出されていますが、法律が成立するまでには何年もかかるでしょうし、現政権下で成立するのはまず無理だといっていい。手術後はダバオやボラカイのリゾート地でゆっくり静養されることをお勧めします。よい所をご紹介しますよ」

そして枝野は具体的な金額を提示した。

「まず、ドナーチェックに二万五〇〇〇米ドル必要です」

「二〇〇万円ちょっとですか」

「そうです。その結果しだいで移植の値段が変わってきます。特殊なドナーが必要な体質かもわかりませんからね」

「検査から移植まで、どの位待てばよいのですか？」

「そうですね、いったん帰国されてもいいのですが、それよりもフィリピン国内で養生しながら待っていた方がいいと思います。早ければ一週間で手術ができることもありますからね」

「そんなに早く？　一週間で適合ドナーを見つけられるとは」

尋常ではないスピードである。

「腎臓ですとほぼ間違いありません。肝臓や心臓の生体臓器がいるとなると数週間は見て貰わなければなりませんが」

「それでも数週間で用意できるのですね」

「そこがフィリピンのいいところです」

「しかし、それだけの臓器が確保されているとなれば、言葉は悪いですが、臓器の売買というか、輸出などということもあり得るのでしょうね」

さらりと質問を挟んだ。すると枝野は大きく首を横に振って眉を下げた。

「それは私の知るところではありません。一部の臓器がアメリカに送られているという話は聞きますがね。この国の臓器保存、運搬技術は世界最高水準です。だが、フィリピンという国の衛生面に不安を覚える外国人もいるのでしょう。ですから手術は自国でやるから、臓器だけ欲しいというアメリカ人が出てくる」

臓器売買のシンジケートと枝野は何らかの形でつながっているのだろう。そして移植手術をフィリピン国内で行うことが彼らにとって最も利益率が高いのだ。

「移植手術に関しては帰国後早急に話を進めて、結果は枝野さんにご連絡させていただきます」

「わかりました。これは移植に関する資料のほんの一部ですがご一読下さい。私自身が署名記事として掲載したものもあります」

枝野は医学雑誌の切り抜きや、多くのフィリピン要人と一緒に写った写真を見せながら説明した。黒田が資料を確認すると、この資料が十年以上前のものであることがわかった。

小一時間の面談を終え、黒田と伊東はペニンシュラを出た。

「ちょっと市内見学をしながらホテルに戻りますか」

伊東の提案が嬉しかった。

マカティー地区は整然としており、新しいマニラを象徴するような美しい街だった。交通システムも滞りなく、発展途上国家のパワーを十分に感じる。車はマニラ湾に面したアジア最大のショッピングモールを通ってホテルを目指した。ホテルに着いたら、再び外に繰り出し、マニラ最後の夜を楽しむ予定だ。

この時、二人が乗ったタクシーを複数の車両が追尾していた。枝野との面談を終え、束の間の解放感に浸っていた黒田がそれに気が付くことはなかった。

＊

早朝の第三ターミナルに入る国際線はＡＮＡだけだ。空港は国内線の利用者でごった返していた。世界でも〝気分が悪くなる空港〟ワースト5にランクインすると言われるとおり、この空港は建物内に入るだけでも一般の国内便利用者は小一時間かかるという。ANAの利用者は最優先に通り抜けることができるのだった。

このターミナルは日本の建設会社が施工していたが、工事途中で国が支払いを止めたため裁判沙汰になった。現在高裁段階で国の敗訴が決まっているが、工事はストップしたままだ。ビジネスクラス客専用のラウンジがないのはそのためである。

空港内のカフェに入った。ビジネスクラスのチケットを見せると、モーニングセットが運ばれてきた。無料だという。ついでにサンミゲルのドライビールを注文する。思えばあっという間だった。マニラには実質丸二日間の滞在だったが、黒田にとっては驚きの連続で、まさに生き馬の目を抜く世界を目の当たりにしたような気がしていた。

サンミゲルを傾けながら、ふと視線を感じた。

斜め前のテーブルだ。二人の中国系の男が、黒田の顔をちらちら見ている。さりげなくバッグからスマートフォンを取り出すと、この二人を秘匿で撮影した。

そんな黒田だったが、出国手続きの段階でフィリピン警察が自分のパスポート情報を全てチェックしていたとは知る由もない。

ＡＮＡ九五二便は定刻に成田空港に到着した。

成田から職場に直行すると、アメリカ出張を控えた内田と栗原をデスクに呼んだ。

「室長、お帰りなさい。突然のマニラ出張と聞いて何があったのだろうと思っていたところだったんです」

小走りで内田が駆け寄ってきた。

「なかなかよい収穫があったよ。帰りの機内で作った報告書に目を通しておいてほしい。アメリカでの情報収集に役立ててもらおうと思っている」

「やはり臓器移植に関する捜査だったわけですか？」

「ああ。どうしても宝田の動きが気になったものでね。臓器移植を受けて九死に一生を得た自分の経験を、ビジネスに転用しようと考えるんじゃないかってね」

「室長が総監に提出された宝田の司法取引と臓器移植の報告書を読ませていただいて、何となく室長の今回の動きがわかったような気がしていたんです」

栗原はこれからの捜査を想像しているのか、目を輝かせた。

「いま宝田組の動きを別グループに調べさせているんだ。やはり最近になって、フィリピン、中国のアモイ、そしてアメリカのカリフォルニアとピッツバーグへの渡航が急激に増えているようだ。フィリピン国内ではミンダナオ島に相当数を送り込んでいダバオがそうだ」
「フィリピン国内に国際空港は三つしかなく、マニラ、セブ、そしてミンダナオ島の
「ミンダナオ島ですか？」
る」

新聞を広げて黒田は続けた。

「これは僕が滞在中に読んだフィリピンの新聞だが、ミンダナオ島では拉致・誘拐が頻発しているとある。それも一般人がターゲットだ。被害者にとって犯人側が要求する身代金など払える金額ではないんだ」

「ミンダナオ島には反社会勢力というか、革命グループ戦線が残っていると外事講習で習ったことがあるんですが……」

記憶を辿るようにして内田が言った。

「その通り。しかし、イスラムの連中だってそう簡単に入り込める状況じゃない。ミンダナオの最大都市ダバオの市長は急進的な改革派で、革命戦線の連中も迂闊《うかつ》なことはできない」

「あの市長は国連の人権委員会に提訴されているんじゃなかったですか？」

まるで内田は教師に教えを請う生徒だ。

「よく勉強しているじゃないか。そう、ある意味で過激な改革主義者だ。ちょうどニューヨークが犯罪都市だった頃に就任したジュリアーニをさらに過激にしたような男だよ。自ら拳銃を持って悪と不正を徹底的に糾弾している」

「そういう背景があったんですか。『狂信的破れ窓理論』の推進者というところですね」

「ははは、そうだな。ああいう土地には、たまにはそんな人物も必要なのかも知れない。そこがフセインのような独裁者とは違うところだ。マルコス政権の頃ならば一番に殺されていたかも知れないが、彼は軍隊を使わず、警察に強力な権限を与えている。そしてその警察に対しては強力な監察権を持っているんだね」

「なるほど」

「警察を見ればその国家の質がわかると言うだろう。アメリカという国がヨーロッパの先進諸国から今ひとつ信頼されていないのは、警察のレベルが低いという理由もあるだろう」

黒田はCIAやFBIの捜査能力を高く評価していたが、複雑な警察制度に疲弊《ひへい》し、縄張り争いが絶えない現場を何度となく見てきていた。

「だから『ランボー』のような警察を風刺する映画が未だに人気なんだ。彼らは国内では滅法評判が悪いんだ。何とか言っても日本の国民の大多数は警察を信頼してくれている。そして、ほとんどの警察官もこの信託に応えようと日々精進している。まあ、公安の世界だけは悪役を強いられているが、それとて、知らなくていい世界はそれくらいの評価の方がいいのかも知れない」

「公安にとっては不幸なことですね」栗原は寂しそうな声で言う。

「いや、不気味と思われていた方が動きやすいんだよ。君たちだって、公安部の仕事を全て知っているわけではないだろう？」

「確かにそのとおりです。隣の部屋の連中が何をやっているか……。知っているのは理事官以上と言われていますからね」

強く好奇心を湛《たた》えた目で内田は黒田の表情を窺う。

「理事官だって全ては知らないだろう。全てを知るのは公安総務課長だけだな」

「公総課長だけですって？」

栗原がそんなと言わんばかりの顔をした。

「それも、チヨダ（警察庁警備局）を経験した公総課長だけだ。今の飯田さんはどうかな」

「それが公安の世界なんですね。しかし、室長はご存じなんですよね。公安の全てを」

黒田はその質問に敢えて答えず視線を遠くに投げると、昔を懐かしむように微かに笑った。

「それよりも、君たちのアメリカ行きの話をしようじゃないか。内田はペンシルベニア、栗原はカリフォルニアだよ」

「現地で通訳を雇うことはできるのですか？」

すかさず内田は聞いた。

「こちらで医学用語に詳しい通訳を頼んでおく。二人とも英語は上級だろうが、専門用語となると大変だろう」

「専門用語どころか、日常会話もおぼつかないかも知れません」

栗原が肩をすくめたので諫めた。

「君たちの英語は都民と国民の金で学んだものだ。常にそこを忘れてはいけないよ。TOEICだって九〇〇はあるんだろう」

「申し訳ありません、最近めっきり勉強不足で。錆付いてしまいました」

「これからは率先して海外にも出張してもらうから、そのつもりで精進してくれ」

「ペンシルベニアで臓器関係といえば、ピッツバーグ大学でしょうか？」

「ご名答。ピッツバーグ大学は、複数臓器の同時移植手術を世界に先駆けて実施した機関だ。いわば臓器移植の総本山だね」

「わかりました。期間はどの位考えておけばよろしいですか？」

「結果が出るまでだ。日本への通信窓口はＦＢＩの支局を使うように。ＦＢＩには僕らの存在がバレても仕方がない」

アメリカが今回の情報室の動きをどう見るかだ。

向こうは向こうで日本のヤクザに司法取引を持ちかけているのだ。こちらにもこちらなりの手法で捜査する権利がある。

黒田はフィリピン出張に関する報告書を下野総務部長ら三部長に手持ちで巡回決裁を受けた。すると間もなく古賀警視総監から自室に来るように言われた。

「黒ちゃん、これからどのように捜査を進めるつもりなんだ？」

古賀は目を細めた。

「捜査員を二班計十名アメリカに派遣します」

「インターポールには通告するのか？」

「いえ、被疑者の逮捕ではありませんので、勝手にやります」

「ははは、君らしいな。捜査共助課にも無届けのつもりだな。するとグリーンのパスポートは使わないのか？」

刑事部捜査共助課は、インターポールを始めとする海外の捜査機関との連絡や調整を行うセクションだ。

「いえ、公務ですからグリーンの公用旅券を持たせようと思っております。外務省には連絡しませんが、法務省の入管には事前連絡を取っておきます」

「わかった。アメリカの捜査機関に対する受け入れ要請は」

「ＦＢＩのロスとニューヨークには連絡をします」

古賀は黒田をじろりと見た。

「ＦＢＩ本局ではなく、個人的なルートを使うということかね」

「本局を通せば警察庁に情報が流れてしまいます」

黒田は当たり前という顔つきだ。

「黒ちゃんは警察庁を信用していないのかな？」

「信用できないのではなく、そのルートに信頼できる仲間がいないのです」

「すると、長官官房にも極秘でやるつもりなのか？」

「チヨダには連絡をしていきたいと思っています。少なくとも捜査の素人である長官官房や、情報管理に疑問がある刑事局には知らせずに行いたいと考えています。情報は必要なところにだけ、ということです」

「しかし、行き先でもしもの事故があった時はどうするんだ？」

厳しさを含んだ眼差しで古賀は尋ねた。

「その時は総監にお願いするしかありません」

澄まして言う黒田に、古賀は思わず噴き出しそうになったのか口をつぐんだ。次の瞬間大笑いする声が部屋中に響き渡った。

「ははは、黒ちゃん、情報とはそんなものなんだろうなぁ」

古賀の目じりに幾重にも皺が寄る。

「僭越ながら、今の日本国でこの仕事ができるのは情報室だけだと思っております」

「わかった。出張計画は下野総務部長、中村公安部長、岡本副総監の決裁を取っておきなさい」

「ありがとうございます」

総監室のドアを静かに開けて、黒田は一礼をして足早に出ていった。

あの警視庁襲撃事件以降、警視庁の各部長を始めとして、副総監や総監までも「情報」というものに深く関心を示すようになっていた。とりわけ中村公安部長は、部内の情報セクションを統合しようと考えたが、結局、各課長の抵抗を受けて頓挫した。

もっとも情報部門を強引に組織化したところで、これをまとめることができる管理官や理事官がいなかった。

*

黒田は様々なデザインのビジネスバッグを四つ持ち、日替わりで使い分けていた。バッグのポケットの中には業務用の携帯電話を入れておくことを忘れない。黒田はバッテリーを確認すると、デスク回りを几帳面に片付けてから、

「何かあったら連絡をして」

と、当直員にいつものフレーズを告げてから部屋を後にした。

本部庁舎を出るとき、黒田はいつも細心の注意を払っていた。

警視庁本部庁舎から外に出る方法は五通りしかない。正面玄関と副玄関、副玄関脇の車両出口の三ヵ所、さらに本部庁舎と連結されている警察総合庁舎の玄関と、その車両出口である。この五ヵ所をアトランダムに使った。

さらに車両を利用した場合は、銀座外堀通り地下駐車場に契約している月極スペースに車を停め、そこからメトロの三線を使い分けてどこかの分室を訪ねてから自宅に

帰った。

西葛西の家に直帰することは決してない。行動確認に対する点検作業を行ってから、どこかに立ち寄って食事を済ませることが多かった。それでも週末は土鍋を使って米を炊くほど料理は好きだ。

この日も銀座の地下駐車場に車を停めた。運転席にスモークガラスが使われた公用車を五台使い回している。

――今日も尾《つ》けられてるな。

フィリピンから帰国してからというもの、何者かに監視されているのがはっきりと分かった。毎日使用する車も出口も変えているのにもかかわらず、出口から四つ目の信号で必ず尾行がついた。

身内に内通者がいるのだろうか。黒田はまず警視庁内のどこかの部門が行動確認を掛けていることを考えた。人事か、公安か。

人事第一課には監察部門があり、主に職員の不祥事に対応する措置として行動確認を行っていた。けれども彼らに追われる覚えは全くない。

もう一つが古巣の公安部だった。公安の場合、追尾を最も得意とするのが公安総務課内の調査チームであり、情報室にもこの中から優れた者を選抜して引き抜いていた。さらに他のいくつかの課も、それぞれ「追っかけ」チームを持っている。

黒田が気になっていたのは、マニラに行った関係で外事第二課と外事第三課から国際テロリズム関連容疑をかけられている可能性があるということだった。

追尾を行っているのは明らかにプロだった。

複数の車両が、交互に入れ替わりながら黒田の車両の直後もしくは二台後に付けてくる。相互に連絡を取り合っているのだ。追尾に気付いてから、黒田は車両内に多重の無線傍受装置を持ち込んだ。追尾に際して携帯電話で連絡を取り合う可能性は極めて低い。車載ナビには後部確認カメラで追尾車両を撮影するシステムも搭載されていた。

追尾車両を確認し写真撮影を行うたびに、リアルタイムで情報室内の情報分析デスクにデータを送る。追尾車両はレンタカーだったので、レンタカー会社に対して直ちに貸し出し契約者を確認した。

「……今日は銀座じゃないな……日比谷を左折するようだ……」

ある時、無線傍受装置が追尾する二台の車両間の通話をキャッチした。すぐに黒田はこれをデジタル化して送信した。情報室の反応は早かった。

「情報室から室長」デスク担当管理官の林だった。

「どうぞ」

「車両の運転手の一人が判明しました」

「何者だ？」

「それが、元警視庁刑事部捜査第四課の主任で退職した男です」

「マル暴か。名前は？」

「雲林院壮介《うんりんいんそうすけ》、五十五歳です。それから車両の借り主ですが、極盛会宝田組系のフロントで、調査会社の昭和情報企画となっています」

「その名前、聞き覚えがあるな。それで奴らは何台レンタルしている？」

「一週間前から五台を借りているようです」

「雲林院の退職時のデータと、当時の人事記録から当庁職員の交友関係者をリストアップしておいてくれ。その中で、現在庁舎管理室に在籍している奴がいたら、その男の人事記録と借財、預貯金関係も調べておいてくれ」

「庁舎管理室……ですね？」

庁舎管理室は情報室と同じく総務部企画課内にあり、警視庁本部庁舎および隣接する警察総合庁舎の管理を行う。

「そのとおりだ。ついでに、庁舎管理室の管理官に庁内監視カメラのデータ分析で誰かが僕を対象者として登録していないか、もしあるようだったら、それをやったのが誰なのかを秘匿で調査するように連絡してくれ」

「えっ？　室長を庁内で行確対象にしているということですか」

林が驚いた声を出した。

庁舎内ですでに自分の行動は監視されているに違いない。そうなると、警視庁本部庁舎内に設置されている監視カメラから誰かが黒田を見張っている可能性があった。

「どこの組織にも腐った奴はいるものだよ。部署丸ごと本当に信頼できるところなんてないからね」

黒田は警視庁職員の中から世界平和教と日本研鑽教会の信者約百五十人を処分した張本人である。そしてそれが、完全なる放逐ではなかったことと、未だに非公然の信者が残っていること、さらにはその後、二つの教団内で「黒田純一という邪悪な男が警視庁本部にいる」との風説が流されたことも気掛かりではあった。

すると林が意外な報告を送ってきた。

「室長。室長を追っているのはもう一チームあるようです」

「何だって？」眉を顰《ひそ》めた。

「中国大使館の関係者です」

「中国？　確かに彼らは日頃から僕を目の上のタンコブのように感じているだろうが、追尾までしているのか？」

「間違いありません。室長の後方を外事第二課の対象車両三台が追従しています。お心あたりは」

「……思いつかないな。今回、奴らを刺激するようなことはやっていないはずだが」

信号停車中に、ナビに映った追尾車両を改めて確認した。

——待てよ。マニラのニノイ・アキノ空港のターミナルで中国人らしい二人組に監視されていたじゃないか。そうか、枝野が誰かに話したんだな。ということは、臓器売買に何らかの形で中国大使館まで絡んでいるというのか。

そう思うと途端に心配になった。伊東社長の身に危険が及んでいないだろうか。

黒田は内堀通りを回ってホテルグランドアーク半蔵門の地下駐車場に入った。

フロント脇にある警察電話から外線を使って伊東社長の携帯に電話を入れた。このホテルは警察共済が保有している施設で、かつては警視庁が保有していた保養施設の半蔵門会館を国家に売り渡したものだった。

「どうもどうも、黒田さん。帰国後いかがされているかと思っていたところです」

「マニラでは本当にお世話になりました。ところで社長はいつご帰国されたのですか？」

「私はあのあと一週間ほどボラカイのリゾートでのんびりして、先週帰国したばかりです」

「そうでしたか。ところで枝野さんから連絡はありましたか？」

「そう言えば昨日電話が入っていたようなので、後ほど折り返そうかと思っていました。移植手術についての回答はそちらからなさいますか」

「そうですね。伊東社長にご迷惑がかかってもいけませんから、その回答は今日中に僕からしておきます」

伊東の無事を確認してひとまずほっとした。ただこれで安心するわけにはいかない。

「実は社長に会ってお話をしておかなければならないことがあります」

「改まってなんです。いいですよ、それなら今夜、『しゅもん』でどうですか？」

「わかりました。できれば、お酒の前に十分程お時間をちょうだいしたいのです」

「ほう。それなら、私の会社にしますか？　西葛西南口のビルです」

「かしこまりました。それでは午後六時に伺います」

グランドアーク半蔵門から徒歩で麴町駅に向かうと、銀座一丁目まで乗った。銀座通りに出ると、デパートの松屋に入る。松屋のエスカレーターは黒田の点検場所の一つだった。

地下一階に下りた段階で、まず点検を行う。この時点で追尾はされていない様子だったが、念のためもう一度点検した。デパ地下は夕方の繁忙タイムに入っていた。催事場の真ん中を抜け、チーズ売り場で試食をするふりをしながら周辺に目を配る。菓子売り場を抜けると銀座駅の地下通路に出ることができるのだった。

真っ直ぐ銀座線の改札に入り、小走りで階段を降りると、一旦後方を確認し浅草方面最前方にある手洗いに入った。目立たない場所にある手洗いだった。

ここで手早くスーツを脱ぐと、薄いベージュのブルゾンを羽織り、キャップとサングラスを着け、TUMIのビジネスバッグをアディダスのスポーツバッグの中に入れる。仕上げに靴に特殊カバーを貼り付けると、黒い革靴が茶色に変化した。行動確認のプロは追尾の際に相手の靴を見る。そのため特殊靴カバーを常に携帯していた。

銀座線ホームでもう一度点検作業を行うと、黒田は地下鉄に乗り込んだ。日本橋へ出、東西線に乗り換える。十二分で西葛西だ。

駅を出て伊東の会社があるビルに入る。エレベーターに乗り八階を押すと、急いで着替え始めた。そして再びドアが開いたとき、黒田は普段のスーツ姿に戻っていた。

部屋では十人以上の社員が働いているのが見える。

「黒田さん、こちらへどうぞ」

社長室は十畳ほどの広さだった。革張りのソファーはセンスがよく、座り心地もなかなかだ。

「いきなりどうされたんです。何事ですか？」

黒田は居住まいを正した。

「実は、社長にだけは話しておかなければならないことがありまして参りました」

「私にだけとは？」

伊東は何かを感じ取った様子で、瞬きを繰り返した。

「実は僕の仕事ですが……警視庁の警察官なのです」

「なんですって？　警察官？」あっけにとられていた。無理もない。

「警視庁本部に勤務しております」

黒田は公用名刺を上着の内ポケットの名刺入れから取り出した。伊東は丁寧に両手でこれを受け取ると、印字された文字を凝視した。

「警視庁総務部企画課の警視というと、次は署長さんですね」

さすが伊東は警察組織についても知識がある。

「はい。ただ、以前お渡ししていた保険調査会社の名刺も虚偽ではありません。あれは外郭団体と申しましょうか、実在の会社です」

「なるほど。すると特殊な捜査をなさっているのですね」

「伊東社長がここの管内の懇話会の理事をされていらっしゃることは存じ上げております」

「すると、今の署長もご存じですか？」

「署長は僕の師匠のような方です」

「ということは黒田さんは公安にいらした？」

黒田は頷いて見せた。

「なるほど……よくわかりました。このことは私の胸の中だけにしまっておきましょう。しかし、そのお歳で理事官とは」

「いえ、一応肩書はあっても、未だに自分の足で捜査をしているくらいですから。中途半端なプレイングマネージャーのようなものです」

「それが一番ですよ。私だって未だに営業も企画開発も自分でやっていますよ」

「だから会社も大きくなるんですね。ここまで大きくなると、後継者の育成が大変でしょう?」

「部門ごとに少しずつ育てていますよ。酒を飲みながら……ですけどね」

伊東の懐の広さに感じいった。

「本題ですが、僕は帰国の際から複数のグループに監視されているのです」

「枝野さんが誰かに黒田さんのことを話したのでしょうか。黒田さんの鋭い質問に警戒心をもったのかもしれません。はっきり言ってしまえば今、彼がやっている移植関連ビジネスはブラックですからね、ブラック。フィリピンへの出入国データを確認したんでしょうね」

ブラックドナーか、黒田は心の中で呟いた。

「はい。それで、伊東社長に迷惑がかかってはならないと思いまして、取り急ぎ伺った次第です」

「私は黒田さんから頼まれただけで、知らぬ存ぜぬを通しておきますよ。枝野さんも、私を疑うことはないでしょう。黒田さんはヒールになってしまうかも知れませんが」

伊東は笑うと、ポケットから分厚い名刺入れを出して何枚か抜き取った。

「ご覧ください。私だって名刺は十種類以上ありますし、これなんか私のペンネームですから」

差し出された名刺を見て黒田は驚いた。

「えっ？　これって有名な……」

「いえいえ。執筆の方は本業じゃないから」

そこには名の知れたノンフィクションライターの名前があった。黒田は伊東社長の奥深さに尊敬の念を覚えた。

＊

「庁舎管理室で、黒田室長を行確対象者として登録した担当官の名前がわかりました。坂下勇造という警部補で、二回目の本部勤務です」

デスク担当の林は報告を上げた。

「その前は捜四か？」

「はい。八年前に満期で所轄に出て、一旦定期交流で他所属に異動した後、一昨年突然、庁舎管理室に引っ張られています」

「坂下の借財と蓄財はどうなっている？」

「三年前までは一五〇〇万円のローンが警信に残っていたのですが、一括返済しています」

警視庁職員信用組合、通称「警信」は全国信用組合の中でも優良金融機関として業界では名が通っている。常に四万五千人の警視庁職員の他、警察庁、宮内庁、皇宮警察職員の現職口座に加え、その退職者、全所属の運営費を一手に押さえているのだ。その理事長に警察官ＯＢが就いていることだけは金融機関としての信用にやや疑問はあるものの、融資は取りっぱぐれがなく、相互扶助の一環として融資を行っているだけに、不良債権がない。

「なるほど。現在の預貯金はどうなっているんだ？」

「警信には毎月五万円とボーナス時に二五万円の財形預金が、ここ五年間一度も引き出されておりません。また、貯金も一〇〇〇万円ほどあるようです」

林は淀みなく答えていく。

「家族構成はどうなっているんだ？」

「はい。妻に二人の男の子で、上は私大の医学部五年、下は国立の歯学部二年に在学中です。妻は元女警で現在再雇用として保安課に勤務しています」

「学費に金が掛かる割には蓄財ができているわけだな。女房は保安課か。担当は？」

「成人向け雑誌や映像媒体の許認可です」

黒田は腕組みをして顔を天井に向けた。目は見開いたままだった。

「ところで、僕はまだ庁舎内のカメラに監視されているのだろうか」

「はい。坂下という主任が、自分のＩＤ番号を登録し、画像分析にかけている模様です」

「庁舎管理室の管理官は何て言っていた？」

「人一（人事一課）の監察に調査させようかと。それから、雲林院と坂下が契約している携帯電話をチェックしています。現在、通話記録を請求中です」

「林、よく調べている。ありがとう。人一への連絡はまだやめておいた方がいいだろう。向こうの管理官には僕から電話を入れておく。うちの遊軍から五人を出して坂下を洗わせてくれ。坂下の行動確認に入る段階で総監の了解を取り付ける」

「了解」

自分がターゲットにされていたことは明らかだ。黒田は第三者に対する危害防止を最優先に考えなければならないと頭を巡らせながら、短縮ダイヤルを押した。すぐに企画課長の野々辺にアポを入れるためだ。

「野々辺課長、突然お邪魔して申し訳ありません。私が下手な動きをしたことで、妙なマークが付いてしまいました」

「妙なとはなんだ。犯罪組織なのか？」

「一つはマル暴関係なのですが、もう一つが中国大使館です」

企画課長は目を瞑って黒田の話に耳を傾けている。

「マル暴というと極盛会宝田組なのか？」

「はい、偶然かもしれませんが、彼らがフィリピンの臓器売買に関わっていたとすれば不思議ではありません」

「なるほど。奴らの方が先に手を出してきたというわけなんだな」

「そうだと面白いのですが、私の協力者や第三者に迷惑が掛かるようなことだけは避けねばと」

「もっともだ。彼女もいることだしな。住まいを一時、公舎に移すか？」

「半蔵門公舎が空いていればありがたいです」

「わかった。厚生課長に連絡を取っておこう。週明けにでも移ることができるだろう。それまではホテル暮らしでもしておきなさい。グランドアークなら近場でいいだろう」

野々辺は先が気になるとばかりに早口に聞いた。

「それで、中国にはどうして追われてるんだ?」

「実はそこが私にもわからないのです」

正直に言う他なかった。

「ほう。それでは対処のしようがないな。何か調べるルートはあるのかい?」

「海外の諜報機関から探ってもらいたいと思います」

「わかったよ。そう言えば、午前中に古賀総監と会ったんだが『総監に頭を下げて貰う』と言ったそうじゃないか?」

悪戯《いたずら》っぽく歯を見せた野々辺だった。

「そこまでストレートには申しておりません……。私が古賀総監に頭を下げると申したのですが、結果的には同じことですね、失礼しました」

「そんなことを言えるのは警視庁広しと言えども黒ちゃんだけだよ。総監も笑い話にしていたが、察庁を敵に回さなければならないような時には、私にも一言伝えておいてくれ。私にもそれなりのルートはあるからね」

「ありがとうございます」

夜の企画課長室を退出すると、黒田はデスクであの男に電話をしようと思った。

「クロアッハ。元気にしているかい？」

「ハイ、ジュン。マニラに出没したようだな」

「本当に何でもよく知っているな」

出張は、十日と少し前のことである。ここまで耳が早いと呆れるしかない。

「君がフィリピンを出国する前に、フィリピン警察がインターポール宛てに君の照会をしたようだ」

「招かれざる男が入ってきたというわけだな」

「しばらく、フィリピンには行かない方がいいな。もちろん中国もだ。といっても福建省のあたりがすでにざわついているよ」

クロアッハのアドバイスはいつも的確だ。

「やはりそうか。実は中国大使館の連中が僕を嗅ぎ回っているようなんだ」

「まあ君は小笠原で有名になっているからな」

その一言で忘れかけていた悪夢が鮮明に蘇った。

「確かに奴らは僕の動きをずっと注意していたのかも知れないな」

「中国は政治体制がまた変わるからな。何かと過敏になっているのだろう。といっても、彼らでさえ自分の国の行く末が見えていないんだ。だから例えば、党の幹部連中は未だに日本の水源がある土地を密かに買い漁《あさ》っている、買い占めといってもいい」

「なぜだ」

「何だかんだ言っても日本は安全な国に変わりがない。地方の美しい土地に対する憧れは大きいのだよ」

まるで外交アナリストのような口調だ。

「なぜ中国は突然僕を本格的にマークし始めたんだ？」

「それは君がフィリピンへ行って触れてしまったんだよ。中国の不都合な真実にね。フィリピンの華人は福建省出身者が大半だからな。何か思いあたる節があるんじゃないか？」

黒田は受話器を強く握り締めて叫びそうになった。フィリピンの臓器入手ルートが国内だけではないとすれば――。

「何となく構図がわかって来たよ」

「それよりも、以前、僕が君に伝えたように、君は日本国内の数少ない諜報組織のリーダーとしてマークされている。『００７』のように本名を使って公用旅券で移動してみろ、たちどころに世界中のエージェントの注目の的だ。ガールフレンドとのハワイ旅行のようなプライベートでさえ、アメリカ合衆国は把握している。君の動きは僕のところまで筒抜けさ。こっそり教えてくれる奴がいるんでね」

「CIAか」

「彼らとモサドは隠れた同盟組織だからな」

「とにかく当分の間は中国方面に気をつけた方がよさそうだな」

「北京が動いていないということは、統制が効いていないということでもある。万が一の際にも中国本国は、何もしらないと言い張るだろう。用心しておくべきだな」

「ありがとう。注意しておくよ」

いつものことながら、クロアッハとの短い電話から得るものは例えようもなく大きい。

＊

——敵も動き出した。こちらも本腰で臓器売買ルートの解明に乗り出さなければ。

黒田は夜更けの情報室でひとり必死にメモを書く手を走らせていた。

当初、黒田は情報室の二個班を動かすつもりでいたが、陣容をその倍の四個班に切り替え、中国ルートの解明も視野に入れた。アメリカに加えて、中国にも秘匿に捜査員を派遣しなければならない。

情報室内でも中国情報通として育てていた松原俊哉《まつばらとしや》を呼び寄せた。松原は北京語、英語が堪能な若手の伸び盛りだ。

「中国の臓器売買はこれまで中国国内のみをマーケットにした自給自足ビジネスだった。だが、需要と供給のバランスに加え、技術的に中国で移植手術を頻繁に行うことが難しいとなれば、いまや供給過剰な状態になっているはずだ。まず、君たちはフィリピンに入り、そこから台湾経由で中国に行ってくれ。今回の移動は公用旅券ではなく、個人のパスポートを使った仕事になる」

松原はチャンス到来とばかりに興奮して答えた。

「台湾に寄るのは目的偽変なのですか？」

「いや、台湾ではある法律事務所の弁護士と会ってもらいたい。台湾と中国間で医療機器関係の貿易を行っている企業の実態を調べるんだ。先方にはすでに連絡をとっている」

「そのルートから臓器移植に辿って行くわけですね」

「そうだ。君たちは貿易会社の社員でも装ってくれ」

「了解です。ところで、その弁護士さんはどういう経緯でお知り合いになられたのですか？」

背の高い松原は身を乗り出して訊ねた。

「弁護士の洪堯徳《ホンヤオディ》を紹介してくれたのは僕の親友だ。彼と僕の親友は同じ渉外弁護士として、かつて共同で知的財産権の問題に臨んだ戦友だった。洪さんは日本の東北大学に留学していたから、日本語も堪能だ。知っておくといい人だよ」

「室長の人脈はほんとうに計り知れませんね」

松原はうなだれた。

「自分自身ではよくわからなくても、わかる人を知っているということが大事だね。多分に運も大きいんだが、人は大事にしておくべきだと今更ながらに実感しているよ。それを教えてくれた先輩には本当に感謝している」

「どんな方だったのですか？」

「仕事でお世話になった方に対してはどんな些細なことでも、必ず挨拶状を出していらした。相手が喜びそうな小さな贈り物を添えてね。そして、夏冬の時候の挨拶も決して欠かさない。僕には真似ができない所業なんだが、その半分くらいの気持ちはもとうと精進しているのさ」

黒田は人懐っこい笑顔を見せた。

「挨拶状だけでも相当な数なんでしょうね」

「だろうね。文面のほとんどは印刷でも、必ず一文は手書きの文字があるんだ」

「室長もいろんな方の影響を受けているんですね」

「そりゃそうだ。親に始まり、学校の先生、先輩後輩、上司同僚、いいところは何でも真似をしてきたよ。反面教師もまた然りだ」

黒田はこれまで学んできた多くの人たちの顔を思い出すように言った。

「室長に一番大きな影響を与えたのはどなたでしたか？」

「高校時代の世界史の先生だな。僕も彼に憧れて、一時期教師を目指したことがあったくらいだ。あの方のおかげで、世界に対する視野が広がった。価値観がひっくり返されたよ。本当に頭のいい方で、英語も数学も、担当科目の教師よりできるんだ。東大や京大の理系科目の入試問題だってすらすら解くんだぜ！」

「その辺のキャリアなんて問題じゃないですね」

「少なくとも学問的には最高の頭脳だったな。あの方が編纂した世界史辞典は日本中の受験生が使っていたからな」

「そういう先生と知りあうことができたのも幸運だったんですね」

「そこまでは運が良かったな」

黒田は大学時代からの何度かの挫折を思い出しながら、自分の鼻を掻いていた。

「それはさておき松原、中国では決して油断をしないように。身分がバレることはないだろうが、常に監視され、盗聴されていることを念頭において行動してくれ。共産国家は法治国家じゃないからね」

「了解。インターネットも一切使用しませんし、通信機器はこちらから持ち込んだデジタル式しか使いません」

「現場には一個班八人で入って貰う。メンバー全員が一堂に会するようなことは絶対にしないでくれよ。日本人が狙われるのはそんなシマ根性を見せたときだ」

「三人、二人、二人の組み合わせを私が統括する予定です」

「携帯電話は台湾で購入して、日本の携帯は持ち出さないようにな」

「室長。今回は随分細かい指示ですね」

黒田は真剣な表情で向き直った。

「いま中国は非常にナーバスになっているはずなんだ。政治体制が変わることもあり、日本の、しかも警察の動きを注視している。そうなったのは僕自身の責任でもあるんだがね。一人のミスが全体の失敗を招いてしまう。万が一、向こうの公安当局に身柄を拘束されるようなことがあった場合どうするのか。そんなことも想定した連絡態勢も考えておいてくれ」

「身柄を拘束……ですか？」

松原は眉を顰めた。

「ホテルでパスポートを預かっておいて、外に出たところで職務質問し、パスポート不携帯を理由に身柄を拘束するなんてことを平然とやる。公用のグリーンパスポートを持った感覚で行動したら、相手の思うつぼだ。そこはアメリカ組とまったく違うぞ。捜査員に十分指示徹底しておいてくれ」

「心得ました」

松原は今回の捜査がこれまでにない厳しいものであると理解したのか、緊張して頬を強張らせていた。

# 第三章　潜入

内田仁、栗原正紀はそれぞれがチームリーダーとなった。一個班五人である。通常の刑事捜査のように二人一組にはならず、今回は個人プレーが原則だ。捜査費用はクレジットカードで立て替えるが、当面の捜査費として二人は三〇〇〇ドルの現金を預かっていた。携帯電話は日本からの持ち込みである。全ての連絡は携帯電話だけで、日本への報告はＦＢＩの支局から仮想ディスクに二重のプロテクトをかけてデータ送信する。

内田チームはピッツバーグへ飛んだ。

ピッツバーグはペンシルベニア州の南西部に位置する都市だ。かつては鉄鋼の街として栄え、鉄鋼王カーネギーがその基盤を作った。さらにピッツバーグ出身の銀行家アンドリュー・メロンはロックフェラー、フォードと共にアメリカの三大富豪となり、カーネギーとメロンがそれぞれ作った大学が統合されてカーネギー・メロン大学となった。アメリカ三大工科大学の一つとして世界的にその名が知られている。この敷地面積五八ヘクタールという広大なカーネギー・メロン大学に隣接して、敷地面積五三ヘクタールのピッツバーグ大学がある。

ピッツバーグ大学は臓器移植研究の世界最高峰だと言われる。世界中の機関から移植手術の研修のため優れた医師が訪れていた。フィリピンの医師チームもピッツバーグ大学で年の半分は治療行為を行っているとの情報を得ていた。

キャンパス内に入った内田は、四十二階建てのゴシック・リバイバル様式のメイン校舎を見上げ、その荘厳なたたずまいに溜め息をついた。大学ひとつとってもまるで規模が違う。

内田チームは早速ドナーの適合検査やドナーのマッチングに関する実態調査を行うことにした。

キャンパスの西側にあるピッツバーグ大学医療センターは、全米で最も優れた病院の一つに数えられているらしい。

「こういう病院を見てしまうと、日本の病院はまだまだ遅れているなあと感じますね」

同行した捜査員の山崎もあんぐりと口を開けている。

「まるで要塞だ」

ここでも内田は圧倒された。

「病院臭というものが全くない。受付にいるのは高級リゾートホテルのバトラーのようですね」

「移植外来は向こうです」

捜査員が院内案内図を見ながら指で示した。

メインビルディングの二階に移植外来はあった。診察室だけで十室が並んでいる。

個人情報の保護が徹底されているアメリカの病院では、全て番号表示で案内される。しかも、電光掲示板だけではなく、受付時に渡される小型携帯電話まで直接連絡が来る仕組みになっていた。

「一日平均百二十人か……」移植外来を訪れる一日の患者数である。「アメリカ国内だけでドナーを確保しようとしたら、とても追い付けない数だな」

広々とした通路に響く声を気にしながら、内田は声を落として続けた。

「気になるのが、フィリピンの医師チームが二チームも入っていることだ。おまけに、この二チームの手術回数は他から抜きんでている。どういうことだ」

すぐに若い捜査員の山崎が顔を向けた。

「彼らは大学病院に一応籍は置いていますが、手術場所は一般病院を使っていて、術後の経過観察を大学病院でやっているんですよね」

「大学としても手術ミスというリスクを回避できる点はメリットがあるからな」

頷きながら内田は目を閉じる。

「それにしても、彼らの臓器入手ルートを洗うのは大変ですね」

気圧《けお》されたのか、山崎が小さく溜め息をつく。

「難しい仕事になるぞ、山崎。日本で協力者を獲得するのとはわけが違う」

「内田係長、黒田室長だったらどんな手法を取るのでしょうね」

「黒田さんだったら、電話一本で情報を取って、たちどころに協力者を仕立て上げてしまうだろうね」まるで自慢するように内田は言った。

黒田は協力者の取り込み方が極めて巧みだった。公安警察は、あらゆる基礎調査を行ったうえでターゲットを絞ると、さらに徹底した行動確認によってターゲットとの接点を見つける。そしてチヨダ了解の下で獲得作業を行い、彼らを協力者に仕立てる。公安の世界を離れてからも、黒田はそのセンスを生かして極めて短期間で協力者を作ることができた。

「まず非常に親しい一次協力者や友人から、狙っている部門の知人を紹介してもらうんだ。そして、その紹介された人物、いわゆる二次協力者の周辺で活用できそうな者を探す。目星が付いたら、彼らに直接会ってその資質を確かめたり、彼らの周囲を洗ってから、問題なく三次協力者に仕立て上げられるかどうかを判断するのさ」

三次協力者は一次協力者と何の関係もない人物であることがほとんどだ。そのため三次協力者をどう動かそうが、一次協力者に迷惑をかけることはまずない。

「では、その三次協力者をどうやって取り込むのでしょうか。協力要請をするといったって、ほぼ赤の他人同士ですよね」

「黒田さんは三次協力者とコミュニケーションを取り始めるや否や、すぐに核心的な話題に切り込む。この話術がまさに神業なんだ。美術館のラウンジで一緒にブランチでもしながら和やかに世間話を始める。と突然、澄ました顔で本題に入るんだ。収集する情報や相手にもよるが、四、五回目に会うころには、人間関係がほとんど出来ている。そして相手に、協力することがまるで自分の義務かのように思わせてしまう」

山崎は少し考え込むようにしてから言った。

「黒田さんのために何かしたい、と協力者が自然と考えるようになるということですか？」

「そうそう、天性の人たらしなんだ」

「人たらし……」

内田は自分のボスについて語る時、いつも誇らしげだった。

「ターゲットが段々と黒田さんの協力者へと変貌していく姿は、見ていて怖いくらいだ」

山崎は生唾を飲んだ。

「組織を裏切らせるか、その組織にとっての機密情報を提供させるんだぜ。並大抵のことじゃない。なのに協力者は、まるで何かに憑かれたように秘密を吐露し始める。さらにだ、自ら証拠物の収集方法を訊ねてくるようになるまで人が変わる。傍らで見ていて心臓がばくばく音をたてたよ」

「相手に証拠物を持ってくるよう強《し》いるわけではないんですね」

「そう。その時点で、三次協力者は一次協力者のような極めて親しい存在となっている。協力者を守ってやらなければならない立場になるんだ。あなたは私が守ります、切り捨てません、というメッセージを言外に匂わせて、協力者の信頼を獲得してしまうんだ」

「協力者獲得作業には、相当のお金を使うんでしょうね」

「公安にいたころと比べたら、いま使う金額なんて極めて少額だと黒田さんは言っていたな。将来的にはチヨダと裏交渉して予算を取るつもりらしい。黒田さんは組織の予算やシーリングの枠内で、どの位の金を要求することができるかまで考えてから動いているんだよ」

「室長はこれまで、国会議員や財界人だけじゃなく、キャリア官僚も何度か捕まえていますよね。それを考えるとうちの上層部も怖れているかもしれませんね」

内田は頷いた。

「キャリアの中で黒田さんを怖いと思うのは、探られて困るところがある連中だけだよ」

「目を付けられたキャリアはどうなるんですか？」

「黒田さんの言葉を借りて言えば、辞めて貰うか、飼い殺しか、永久出向というところだろう」

三十歳そこそこの山崎は震え上がった。その様子を見て笑いながらも内田は強い口調で言った。

「あんな人はそうそう現れるものじゃない。僕はいま黒田さんの下で仕事ができることを心の底から感謝している。逆立ちしても一生追いつけない、生涯を通しての大先生だ」

情報室で仕事をする意味を考えているのだろうか、山崎は今の会話を反芻しているように見えたが、おもむろに口を開いた。

「内田係長、ところで今回はどういう手法を使うんですか?」

「潜入する」

「えっ? せ、潜入って、こんな短い期間で、どこに潜るんですか?」

数回の現場実査の結果から、内田は非公然の潜入捜査を行う方針を固めていた。山崎ら四人の係員を二組に分け、一組を情報収集、一組を裏付け捜査と最終的な防衛担当とした。

「あの、オペをやっているセントルーカス病院さ。何度も見ただろう。あの病院の実態を」

そう言いながら内田は黒田の顔を思い浮かべた。

＊

セントルーカス病院は、市と医療法人が第三セクターのような形で経営を行っていた。看護学校と理学療法のカレッジスクールを併設した大病院だ。

患者に扮した内田は、一般外来で受付を済ませると小型の通信機を手渡された。捻挫と称して旅行保険を使って診察を受け始めたのだ。

多くの患者は、病院内にある中庭や喫茶室で診察の順番を待っている。まるでホテルのラウンジを楽しむかのような雰囲気だ。

病院内の外来各科をゆっくり見て回った。移植外来の三つの診察室前にもそれぞれ立派なソファーが用意されていたが、患者はいなかった。皆、「ラウンジ」で待っているのだろう。端の方にあった椅子に腰掛けて周囲を見渡していると、一組の患者が診察室から出てきた。内田は注意深く夫婦と思われる中年の男女の後をそっと追って、二人の会話を盗み聞きした。

「来週の検査入院を予約できたのはラッキーだった。数ヵ月以内には昔の身体に戻ることができるんだ」

「神のご加護があったのね」

「それだけのことを私はしてきたのだ」

「あなたのために肝臓を提供して下さるのはどんな方なんでしょう？」

「そうなるために生まれてきた男なんだろう」

不遜《ふそん》な男は何のためらいもなく言ってのけた。

「ドクターは『ドナー提供者は健全なフィリピン人の可能性が高い』と言っていたけど、白人じゃないのが残念ね」

太った妻と思われる女性が大げさに落胆してみせる。

「若くて健康な白人はそうそう早死はしないものだ。健康で私の身体に適合する肝臓さえあればいいのだ。腹の中は黒人であろうと黄色人種であろうと大して変わるものじゃないからな。我々白人の役に立ってくれればいいのさ」

「そのとおりだわ」

聞いていて怒りがこみ上げて来たが、そのとき持っていた通信機のバイブレーターが振動し、診察の順番であることを告げた。二人の白人の大きな背中を睨《にら》み付けると、診察室に急いだ。

診察室に入ると白人の女性医師と三人の女性看護師に迎えられ、まず血圧を測られた。

「ミスター・ウチダ。医療の専門用語がわかりますか？」

「少し不安があります、ドクター」

医師は、内田の国籍と一番理解できる言語を確認し、診察デスク上のモニターに向かって何やら問い合わせているようだ。すると画面が切り替わった。

「私は日本人の医師で中村陽子と申します」

モニターに知的な雰囲気の女性が映し出された。テレビ電話だった。内田がモニターに向かって、転びそうになって足を挫《くじ》いたと説明すると、中村は大きく頷いた。その後白人の医師とモニターを通じて会話を始めた。

セントルーカス病院にはフランス語、ドイツ語、中国語、スペイン語、日本語に対応する通訳医師が二十四時間体制で常駐していた。いかなる救急治療でも、できる限りの説明責任を果たすことが治療の前提となっているのだ。

「やはり、アメリカの医療は進んでいますね」

中村の説明を受けながら内田は唸った。

外来の診療ベッドを見てまた驚かされた。大型のキッチンペーパーのような紙製シーツで覆われている。一回ごとに敷き替えられるようだ。

内田がレントゲン検査を受けて戻ってきた際には、また新しい紙シーツが敷かれた。レントゲン検査結果では異状は認められなかったが、内田の古傷がやや炎症を起こし、右足首の関節が狭くなっていることを指摘された。

学生時代にやっていたサッカーの影響で、利き足の右足首をよく痛めていた。医師が足首を少し捻ると疼痛《とうつう》が走り、演技ではなく思わぬ脂汗をかいた。

医師は再びモニターで中村を呼び出し、中村はテーピングによる固定と痛み止めの注射が効果的であると内田に説明した。瓢箪《ひょうたん》から駒のような思いだった。

内田は医師の指示に従う旨を中村に告げると、点滴の用意がされた。日本では見たことがないような形状の注射針や針の固定装置をしげしげと眺めた。看護師の手際は実によかった。次から次へと、様々な医療器具が出てくる。アメリカ医療機関のスケールの大きさに改めて感心した。

最後に薬の処方に関する注意事項の説明を受け、処方箋と治療概要を印刷したA4五枚もの文書をもらって病院を後にした。治療概要は目を通すだけでも大変な量だったが、これがアメリカ社会では病院の信用と無過失を担保する方策なのだ。

診察室を出ると、再び院内を見て回った。すれ違うスタッフの数がとにかく多い。医師、看護師はもちろんのこと、介護士、検査技師、レントゲン技師からハウスキーパーに至るまで、どれだけの人件費がかかっているのだろうと心配になるほどだ。ハウスキーパーはディズニーランドの清掃担当を彷彿《ほうふつ》させるように、数分おきに掃除にやってくる。

医療廃棄物や感染性廃棄物に関してはその管理が徹底されていた。ハウスキーパーの後についてゴミ捨て場を覗くと、オペ室専用の廃棄物保存庫があった。三時間に一度、専用車両が回収に来るシステムになっているらしい。この様子は保存庫専用事務室にあるコンピューターでチェックできた。

医師には日本の医局のような専用の待機場所が各フロアに用意され、この入退室はセキュリティーが徹底されていた。看護師は看護師センターの裏の休憩所を使っている。一方、ハウスキーパーは病院の裏にひっそりと建てられたバラックのような建物で休む。ここでは喫煙も認められているようだった。

内田は一人の女性看護師に目を付けていた。

目鼻立ちがはっきりした、小柄でチャーミングな若い女性だった。ヒスパニック系と思われるやや浅黒い肌は艶《つや》がある。彼女のような生まれの者が、看護師資格をとるのは容易ではないことが想像された。東海岸では貧しい者と富める者、肌の色による差別はまだ根深く残っているのだ。

名札にジェニーと書かれたその女性は、廊下で内田とすれ違う度に感じよく微笑んだ。診察の際に旅行保険を見せたからだろう、内田をアメリカに来たばかりの旅行者と思っているようだった。

「飛行機のタラップから落っこちたの？」

四度目に目が合った時、彼女の方から声を掛けてきた。内田をレントゲン室まで連れて行く担当だと言った。

「似たようなものだね。イミグレーションを抜けた最初の階段で足を滑らしてしまったんだ」

内田のネイティブに近い抑揚のあるイントネーションに一瞬意外そうな顔をした彼女は、カルテを再度確認した。

「日本人なんでしょう？」

「そう。生まれも育ちも日本だよ」

「英語はどこで勉強したの？」

「モンゴルという中国の奥地にある砂漠の外れだよ」

ジェニーはくすくす笑った。

「そんなところで英語を学んだの？」

「イギリス人の変わり者と一緒に土を掘っていたのさ」

内田はふざけて目を寄せた。

「何か探していたの？　遺跡？」

「そんな高尚なものじゃない。石だよ」

「それはダイヤのような宝石？」

「そんないいものを掘っていたら、こんな安い時計はしていないよ」

内田は左腕に付けているスウォッチを見せた。彼女はそれを覗き込みながらも、目敏く内田の身なりを値踏みするように見回した。

「でも、いいスーツにお洒落な靴だわ。素敵ね」

「デートしてもいいくらいに？」

ジェニーの右眉がぴくりと上がった。

「考えてもいいわ」

内田は会話を楽しみながら、レントゲン室まで彼女に連れられて歩いた。

「私が診たところ、骨折はしていないと思うけど、ここのレントゲン技師は優秀だから靭帯《じんたい》やその他の筋まで綺麗に撮ることができる。もしかしたら、入院になるかも知れないわよ」

「そしたら見舞いにきてくれる？」

「そうね」ウィンクをする。

「じゃあ、もしなんともなかったら、外で会ってくれる？」

「デートに誘ってるの？」再びジェニーは白い歯を見せて笑った。

「神のご加護を幸運の女神に祈ってるのさ」

「私も無事を祈ってるわ」

後日、内田はジェニーとデートにまで漕ぎ着けた。

外来担当看護師ながら院内事情に通じているジェニーに感心しながらも、内田はそのコンパクトグラマーな肢体《したい》にも興味を覚えていた。

プライムリブステーキを食べた後、内田はジェニーをホテルのバーに誘った。

食事が終わるころには、ジェニーは旧来の友人かガールフレンドのように内田に親しげに接していた。彼女の次第にくだけていく態度を冷静に見つめながら、女性心理を考えて紳士的に振舞うことを忘れなかった。

看護師をデートに誘う患者は、外来では思ったほど多くはないらしい。ジェニーは不思議な縁で出会ったツーリストの話を始終愉しそうに聞いていた。

シンデレラタイムになると、内田は彼女をアパートメントに送り届けた。アパートの前で軽いキスをして別れるつもりだったが、彼女は意外にもディープなキスを返してきた。

翌日のデートの約束を取り付けると、弾むような足取りで内田はホテルに戻った。

ジェニーは内田の仕事に関しては何も質問してこなかった。内田が時折病院の内情を窺うような質問をしても、好奇心の強い日本人ツーリストを喜ばせようと丁寧に答えた。アメリカの病院の機能的なシステムや、清潔度、従業員の多さや医療技術の高さについて賞賛を惜しまなかったことが、ジェニーを饒舌《じょうぜつ》にさせたとも言えた。

「この病院で一番のエリートと言われる診療科目は臓器移植よ。ドクターの給料もトップね。院長より給料が高いそうよ。オペ室担当のスタッフや看護師は選ばれた人たち。立ち会いが許されているメンバーはいつも同じなのよ。彼らは私の倍以上の給料をもらっているの！」

「病院内で問題にはならないのかい？」

「だって、普通の手術の十倍もお金が入ってきて、それで多くの職員が雇われているんだから仕方ないわよね。そのおかげで、勤務のローテーションがよその病院よりも楽なの。自然と良いスタッフが集まってくるというわけ。この病院の院長は雇われ院長だし、オーナーは別にいるの。大金持ちよ」

「なるほどね。そのオーナーはお医者さんじゃないんだね」

「ええ、実業家よ。オーナーがこの病院を買い取ってから、ここで移植手術が行われるようになったそうよ。なんとね、オーナーの本業は武器商人なんだって！」

「武器商人が病院の経営者か」

「外国で人の命を奪う代わりに、アメリカでは命を救っているのよ」

ジェニーはやや自嘲気味に言った。

「でも、一つでも人の役に立つことをやっていればいいんじゃないか？」

「救われるのは世界中のお金持ちの命で、そのために貧しい国の人の命が奪われているわ」

「どういうことなんだ？」

「生体臓器移植ってそんなものでしょ？　適合ドナーなんてそんなに簡単に見つかるわけないもの。でも、この病院では不思議とすぐにドナーが見つかるの。変でしょ？　でも、政治家だって何人もここで命を取り留めたから、誰も文句は言わないわ」

ジェニーの心の葛藤を見た気がした。

「ところで、君の出身はどこなの？」

「出身？　それはヒスパニックかってこと？　それともアメリカのどの街から来たのか知りたいの？」

ジェニーは戸惑ったような、暗に批難するような目つきを向けた。

「普通、出身と言えばニューヨークだとか、そういうことじゃない？」

内田は余計な質問をしてしまったことを悔み、慌てて取り繕う。

「私、日本人と話をするのはあなたが初めてなんだけど、アメリカでは南部のような特別な訛りがあって、自分の故郷と似た言葉を喋る相手にしか、そういう質問はしないわよ。特に黒人やユダヤ人に対しては気をつけた方がいいわ」

優しくジェニーは言った。

白人社会に住む有色人種や差別を受けている人種は、自分が投げかけた質問を差別的だと思うのだ。内田はショックを受けた。そして以前聞いた黒田の言葉を思い出した。日本に来ている外国人に、『Where are you from?』と尋ねるのは日本人の悪い癖だ。旅行者にしてみれば答える必要も、尋ねられる意味もわからない——。

「失礼な質問をして申し訳なかった。単に君のことをもっと知りたいと思っただけなんだ」

「わかった。私の出身はメリーランド州のアナポリス。私の両親の三代前はどちらもスペインに行き着くけど、私はヒスパニックではないわ。でもスペイン人の血は引いている。父はスペイン人とアメリカ人の間に生まれたネイビーの軍人。母はスペイン系のフィリピン人」

「アナポリスで海軍の軍人ということは上級士官なんだろうね」

「よくご存じね。海軍兵学校で教授をしているわ。以前は軍艦に乗っていたけど」

同じスペイン系であっても、ヒスパニックというのは中南米のスペイン語圏出身者の通称であり、スペイン系アメリカ人はあくまでもアメリカ人である。彼女自身、これまで何度もヒスパニック系と思われてきたに違いなく、それを是とはしていない様子だった。内田も自分自身の勝手な思い込みを反省していた。

内田はジェニーに臓器移植に関する調査をするためにアメリカに来た旨を伝えた。自らの身分については正確に伝えたわけではない。

数回のデートの成り行きから、近いうちに男女の関係になってしまうだろうことは容易に想像された。今や内田は彼女に夢中になっていた。彼女を単に利用するようなことだけは絶対にしたくないと思った。

意外にも彼女は内田の真意は尋ねず、調査に協力してくれると言う。そして思いがけないことを提案した。

「うちの病院ではハウスキーパーをパートタイムで募集しているから応募してみれば？　就労ビザは持っていないだろうけど、短期のパートタイマーならＯＫだと思うわ」

——ついに潜入捜査か。

ハウスキーパーに応募するためには短期でもアパートメントを借りる必要がある。

内田は一ヵ月契約のアパートを探し、そこを出動拠点にすることにした。家賃を前払いすると言うと、比較的簡単に借りることができた。

「ホテル代よりは安いからな」

内田はチームリーダーとしての立場もあったが、何よりも情報収集を急ぎたかった。他の四人はホテル暮らしが気に入っている様子だった。

ジェニーの紹介もあって、ハウスキーパーの職にすぐに就くことができた。面接では優れたアメリカの病院について学びたいと流暢《りゅうちょう》な英語で述べ、終始真摯《しんし》な態度を崩さなかった。

内田は持ち前の社交性を活かして、様々なセクションに仲間を作った。オペ室、医事課、ナースステーションではすぐに面白い新人という評価を得た。ハウスキーパーという底辺の仕事を実に楽しそうにこなし、時に専門的な話を切り出してくる内田を、初め医師たちは警戒したようだった。内田が日本人で大学を卒業し、しかも病院経営に興味を持っていることを知ると、彼らも次第に打ち解けて軽口を叩くようになった。

何よりも、内田のコンピューターに関する知識が医師たちを驚かせた。病院内の無線ＬＡＮに対するプロテクトが不十分で、その気になれば第三者が他人のカルテを盗み見ることができることを、ある医師のパソコンで実証して見せたのだった。サーバーに設置していたデジタル化装置の仕様が不完全だったのだ。しかもその装置もこの大病院にしてはお粗末な機材で、内田は難なく他人のパソコンからサーバー内に侵入してみせた。

この話は医局のみならず、病院の経営サイドまで伝わり、ついには内田に専門的な意見を求めるまでになった。

ハウスキーパーに採用されて十日後には、すでに内田は医事課のプログラムサブマネージャーのような地位を与えられていた。

院内コンピューターのプロテクトを整えていると、あるフォルダの存在に気づいた。そこには臓器の調達に関する文書とその支払いに関するデータが入っていた。パソコンのアクセス記録ソフトを遮断すると、忍ばせておいたUSBメモリーを取り出してジャックに差し込み、何食わぬ顔でデータをコピーした。この行為が電磁的記録の窃盗罪であることは十分に理解している。

内田は班員を集めてデータを示した。

「係長、どうやってこんな重要データを？」

「まだ係長がホテルを出られてから二週間ですよ！」

山崎ら捜査員たちは驚きを隠せなかった。

「二週間で人心掌握できないようじゃ情報室の捜査員とは言えないな」

内田にとっても会心の出来だった。入手したデータの中に含まれる適合臓器の確保に関わるメールや、臓器の搬送についての詳細が記されたドキュメントを確認しながら四人の捜査員たちに分析を命じた。喜んでばかりもいられない。まだ調査しなければならないことは山のように残っている。

アパートメントに戻るという内田を見送ると、四人の捜査員たちは口々に囁き合った。

「室長も凄い人だけど、内田さんも凄いよな」

「ああ。でもその内田さんでさえ、室長は雲の上の人だと言うよ。どうやっても敵《かな》わないってね。室長と一度は直に仕事がしてみたいもんだ」

四人の係員はいずれも警部補で公安捜査を経験している。その当時から黒田純一は伝説の人物として聞こえていた。

「情報マンという言葉は公安の人間にとっては最大の誉め言葉だけど、室長の場合は情報マンというよりは諜報員という言葉がしっくり来るよな。今回の内田係長もなんとなくそっちに近いな」

「そのうち内田さんの防衛をやらなきゃならないんだよな」

「生で見るチャンスじゃないか」

「俺たち四人分以上の仕事を、内田さんは一人で完璧にこなしてしまう。その手法をこの目で確かめたいよ」

四人の捜査員は内田が入手したデータの分析期限を二日として、早速割り振りを行った。

その夜、ひとり窓から外を眺めながら内田はジェニーのことを想った。

「必ずまた逢いに来るから」

別れ際、そう言って手を振ったが連絡先は伝えなかった。もう一度だってジェニーの笑顔を見ることはないだろうと思うと、胸が切なく痛んだ。

＊

栗原正紀をチームリーダーとする五人組は、宝田が移植手術を行ったロサンゼルス郊外ロングビーチにあるダナ・フォックス病院に向かった。宝田の手術先は、クロアッハからもたらされた情報で解明したのだった。

ロサンゼルス国際空港はトム・ブラッドレー国際線ターミナルを擁し、空港旅客数はアメリカ第三位、世界でも第六位の巨大空港である。トム・ブラッドレーは黒人の元ロサンゼルス市長で、彼がカリフォルニア知事選に出馬した際のアメリカ人の投票行動が政治学上「ブラッドレー効果」と命名されて有名になった。

空港ターミナルでレンタカーを探した。大型のビュイックを借りると、栗原チームはサンディエゴ・フリーウェイと呼ばれるインターステート四〇五号線を爽快に走り抜けた。行き先はロングビーチだ。

「アメリカのフリーウェイは広いですね」

若手の捜査員が窓の外を眺めながら呟いた。

「このあたりは片道八車線だからな。おまけに二車線はカープールになっている」

栗原はこれまでも何度かこの道をドライブしたことがあった。

「カープールってなんですか？」

「一台の車に二人以上乗車している場合は優先して通ることができるレーンなんだ。ほとんどの車は運転手一人しか乗っていないんだけどな」

「どうして鉄道網が拡がらないんでしょう」

「駅を作っても、またそこから車に乗らなきゃならない。ちょっとした距離なら飛行機を使うし、車の方が早い場合も多いからね」

「ロサンゼルスからラスベガスまで新幹線を敷く話もあったんでしょう?」

眉を上げて栗原は部下を一瞥した。

「よく知っているじゃないか。しかしレールを通してしまうと、途中のレストランや小さなカジノが潰れてしまうだろう。借金地獄のカリフォルニア州と金持ちのネバダ州との力関係もあって、なかなか難しい話だったんだよ」

フリーウェイを南下しながらアメリカの車社会の話題は尽きなかった。

ロングビーチは西海岸最大の港湾都市でロサンゼルスの南方約三〇キロに位置する。

ダナ・フォックス病院は、中規模ながら最新の医療設備とセキュリティーを完備したモダンな建物だった。何も知らずにエントランスへ案内されれば、ハイクラスのホテルと見間違うだろう。椰子の木に囲まれた広大な駐車場には、様々な高級車が停められている。

患者は富裕層ばかりというこの病院の看板は、移植手術と美容整形外科である。ハリウッドの大物俳優や、日本の著名芸能人もお忍びで入院しているらしい。だからだろう、ガードマンの多さも目を引く。

「ここは正面突破で行くか」

栗原は、ＦＢＩからの紹介状と日本警察の英文による捜査協力依頼書を用意した。これを見せれば、ある程度は内部の様子も聞けるだろう。

「ここで移植手術を行った日本人の宝田宗則について話を聞きたい」

理事長室に通されると、三人のアングロサクソンを前にすぐに切り出した。

「原則として患者の個人情報については口外無用だが、ミスター・タカラダに関してはＦＢＩからの依頼もあったので、最低限の話はしよう」

移植外科部長のワイズマンは理事長に目配せした。

「まず、宝田の病名は肝硬変で間違いないですね」

「そのとおりだ」

ワイズマンは薄いグリーンの瞳を激しく動かしている。

「この病院で宝田に対して行われた医療行為は、生体肝移植手術でよろしいですか」

「生体肝臓ではなく、摘出肝臓だ」

「脳死ドナーの生体肝臓ではなかったのですか？」

「そうだ。しかし死から極めて近接した状態で摘出された肝臓だった」

「執刀医はあなたですか？」

栗原は担当医と紹介されたブラウン医師に向かって言った。

「いや、移植手術を行ったのは日本人のドクターだ」

ブラウンは大きくかぶりを振った。

「外の医師がこの病院の手術室を使ったと？」

「ドナーチェックは私のチームが行った。しかし、患者本人の強い要望で、移植の執刀は日本人ドクターが行い、私は責任者の立場でオペレーションに立ち会った」

「その日本人医師の名前は？」

ワイズマンは無言で理事長のホプキンスに判断を仰いだ。理事長が頷いたので、宝田のカルテデータをノートパソコンで確認して口を開いた。

「ドクター・ウダガワ、宇田川彰三氏だ」

「なるほど。ドナー適合の検査から手術まではどれだけの日数を要したのですか？」

「ミスター・タカラダは日本の病院に入っていたが、ドナーが見つかるとこちらへ移って来た。手術をはさんで三週間ほどここにいた」

「適合ドナーの獲得は第三者機関に委託しているのですか？」

「そうだ」

「宝田に適合したドナーもその第三者機関経由だったわけですね？」

理事長は眉を顰めた。それでも話を続けるように促したので、移植外科部長は無表情でパソコンのキーを叩いた。

「ミスター・タカラダの適合ドナーは、私たちの検査結果を確認してドクター・ウダガワが見つけてきたものだった」

「えっ、宇田川が？　宇田川自ら見つけてきたと？」

自分の声が上擦るのがわかったが、興奮を抑えて続けて尋ねた。

「この病院ではドナー臓器の持ち込みを許しているのですか？」

「許す、というよりも、適合臓器を無駄にせず、これを確実に移植できるようにすることが大事だと考えている。それに、ドクター・ウダガワはピッツバーグ大学で移植手術の経験を積み、しかも臓器提供者ネットワークにも登録されている優れた医師であることを私はよく知っている」

ワイズマンは眉を吊り上げたので額に深い溝ができた。

そこまで聞いた栗原は捜査協力に関して丁重に謝意を示した。四人は理事長室を出ると、厚手の絨毯がしかれた美しい廊下を歩いた。

「実に素晴らしいですね、このダナ・フォックス病院は」

「私はこの病院を誇りに思っています」

理事長は胸を張って目を細めた。吹き抜けになっているセンターホールに立ち、両手をいっぱいに広げる。

「これほど優れた設備を拝見するチャンスは二度とないでしょう。病院内を見学して帰ってもよろしいでしょうか？」

栗原は恭しく頭を下げた。

「事務の者を呼びますから少しお待ちください。個人のお顔以外でしたら何を写真撮影してもいいですよ。特にオペ室は世界最高水準です」

理事長は直近に控えていた職員に耳打ちした。

しばらくすると、どこかのカバーガールのような長身の女性が軽やかな足取りで現れた。美貌のブロンドである。こんな女性スタッフが案内役とは気後れしてしまう。複雑な表情をした栗原を横目に、理事長は鷹揚な笑顔を見せた。そこには東洋人に対するなんとも言えない侮蔑の表情が浮かんでいた。

「病室は全て個室で二五〇床。うちは救急医療は行っておらず、紹介のない方の診察はお断りしています」

簡単な説明を受けながら、デジタルカメラを片手に院内を回った。

理事長ご自慢のオペ室は六室あった。その半数には、手術台が四台ずつ並んでいた。聞けば二組同時に移植手術をするためという。まるで未来の人造人間を創るSF映画の光景のようだった。

病院内の見学をほぼ終え、中庭に設けられた回遊式庭園に出た。

瞬時に栗原の目が光った。

ひとり静かに歩く大柄な東洋人に見覚えがあったのである。栗原は咄嗟にデジタルカメラの撮影モードを動画に切り替え、案内の女性に気付かれないよう秘匿で撮影した。光学十倍、デジタル二十倍の機能をフル活用し、その男の表情まで十分に撮ることができた。

「世界中からVIPがいらっしゃるんでしょうね」

「王室から政治家、財界人までたくさんお見えです」

栗原は頷きながら試すように聞いた。

「あの人、映画俳優でしたっけ？」

彼女は栗原がこっそり指し示した背の高い東洋人を見ると眉を上げた。

「ノー。あの方はムービー・スターじゃありませんよ。有名な宗教家だと聞いています」

実に満足のいく答えだ。

上機嫌の黒田は笑いを噛み殺すようにして管理官の林を呼んだ。ロングビーチから思わぬ情報が届いたからだった。

お気に入りのブルーマウンテンの香りが部屋に漂っている。丁寧に淹《い》れたコーヒーを温めたカップに注ぐと黒田は林に差し出した。

「栗原から届いたデータはどんな具合だ？」

「はい、現在画像確認中です。栗原はＤＮＡ照会も行っているようです」

「やるじゃないか！　世界平和教の教祖様が臓器移植とは驚かせてくれるよ。これはあの教団の存亡に関わる話だ。向こうにとってはトップシークレットだろう。このネタはフル活用しなきゃな」

世界平和教は、その教義で輸血を厳しく禁じていたのである。

韓国発祥のキリスト教系新興宗教団体、世界平和教教祖・韓文光《ハンムングァン》は自らを聖書に予言された再臨メシアとし、全人類の「ファーザー」と位置付けていた。けれども、この新興宗教団体はキリスト教の一教派と認められていなかった。

世界平和教はその教義の特殊性から「原理主義《ファンダメンタリズム》」と位置づけられている。「根本に還る」という意味をもつ原理主義という言葉に、本来狂信的な含みはない。しかし、現在の文明を否定する思想や行動様式に加え、「イスラム原理主義」という言葉がテロリズムの代名詞として一人歩きしてしまったこともあり、原理主義は非現実、非寛容の過激思想とのレッテルがいつの間にか貼られてしまった。

教団内では若手が徐々に力を付けてきていた。中でも教祖の五男の韓哲文《ハンチョンムン》を中心としたグループには、経営感覚をもった高学歴のエリートたちが集まり、様々な事業に手を染めていた。おかげで教団の金庫は潤沢になったが、それらの資金の多くは脱法行為から得たものだと言われていた。なりふり構わぬ拝金主義が罷《まか》り通るようになり、若手と古くから文光の側にいた宗教者たちとの間には深い溝が生まれつつあった。

黒田はほくそ笑んだ。

「ピッツバーグ組も面白いデータをゲットしてくれたようだしな」

「はい。こちらは臓器売買の実態を裏付ける決定的な証拠資料になるかと思います」

「しかし、そんな極秘資料をデュープロセスで得たとは考えにくいな」

内田の捜査手法はなんとなく想像がついた。黒田の近くで学びながら、様々な情報収集の技を体得していった男である。

黒田がそうであったように、内田は女性へのアプローチが得意だった。「本気にさせても本気になるな」。これが異性協力者を獲得する際の鉄則だ。そしてまた同時に、異性協力者が寝返った時の怖さを黒田は自身の失敗談を交えて教え込んでいた。

「それで、そのドクター・ウダガワとやらの素性は判明したかな？」

黒田は報告が上がるたびに分析班にデータを投げていた。林は続けた。

「先ほど宇田川彰三医師の詳細データが上がりました。彼の住まいは汐留の高級マンションで、販売価格が十億だそうです。間取りは四ＬＤＫ。リビングは四十五畳で、普通のバスルームの他にベランダにジャクジーが付いているそうです。車好きでポルシェ、フェラーリ、メルセデスの他にシボレーのバンまで所有しています」

「車だけで億単位だな」

黒田は肩をすくめて息を吐き出した。

「まだ彼は三十六歳ですよ。おまけに、新宿のパークハイアットのスウィートルームを年間契約していることもわかりました。ただ、車もマンションの名義人も本人ではなくアメリカの企業名になっているんです」

捜査員は呆れた顔をして言った。

「社名は？」

「インターナショナル・インヴァイラメントという名前で、ニューヨークに本社があるようです」

「怪しいな。その辺、もっと調べておいてくれ」

「了解です。宇田川の生活は極めてバブリーですね。ゴルフにもよく出かけています」

「このご時世では珍しいタイプだ。とすると、女遊びも派手か」

にやにやしながら黒田は林の資料を覗き込んだ。

「普通に付き合っている女は見あたりませんが、銀座と六本木の女に入れ込んでいる様子です。時々、病院の若い看護師や事務員の女性を二人きりの高級ディナーに誘い、食事後タクシーでどこかにしけ込みます」

「夜の店はクラブとキャバクラか？」

「さすが室長、これが女の写真です」

林が十枚近く写真を示した。

「ほう。いるところにはいるもんだな」

モデルのようなプロポーションをした美女が二人写っている。

「銀座のクラブの子が一番のお気に入りか」

黒田は写真を見比べながら眉間《みけん》に皺を寄せた。

「そのようです。週に一、二度、彼女を汐留のマンションに連れて行っています。六本木の女とは週末にパークハイアットを使うようです」

林の小さな溜め息が聞こえたような気がした。

「店の名前は？」

「銀座は『ジャスティス』、六本木は『桜ロワイアル』です」

「『ジャスティス』？　どこかで聞いた名前だな……待てよ」

黒田はパソコンのデータベースを開いて確認した。

「これだ。ハワイで宝田と一緒にいた饗庭悦子の店だ」

「えっ？　銀座七丁目の並木通り沿いのビルです。そこに極盛会の息のかかった店があるんですか？　あのビルには銀座を仕切っている熱田組組長の女の店もあるんですよ」

「そこが宝田の怖いところだ。すでに宣戦布告しているようなものなのに、熱田組は気付いていない。林は店の中には入ったのか？」

「はい。一見客はダメだということでしたので、出てくる客の中で人が良さそうな男を行確して、結果的に彼から紹介してもらう形をとりました」

「なるほど。今時、一見客を断る店は銀座でも減ってきているからな。店の雰囲気はどうだった？」

黒田は面白そうに聞いた。

「店は七階ワンフロアです。エレベーターホールから店の入り口まで生花が並んでいました。その日はホステスの誕生日のようでしたね。店内は落ち着いた雰囲気で、がっしりした体格の黒服の態度もよかったです。ボックス席は二十近くあり、店の奥には個室がありました」

ここまで調べるのに、おそらくそれなりの捜査費がかかったことだろう。

「宇田川の女の行確結果は？」

「彼女の出勤は不定期で、週に三日だけです。昼間は大手のコンサルティングオフィスで働いています」

予想外のタイプである。

「へえ。仕事のできる美貌の女ってところか。ところで、宇田川は日本の病院の医師ではないんだろう？　奴は普段どこで働いているんだ」

「彼はニューヨークとロサンゼルスのクリニックを掛け持ちで働いているんです。掛け持ちといっても、就労時間は極めて短いですね。ですから普段は東京で遊んでいます」

「一回のオペで莫大な報酬を得るんだろうな」

林は大きく頷いた。

「はい、患者は一億円ぐらい払って手術を受けるわけですから、報酬も桁違いでしょうね。アメリカへの渡航回数は年に四十回以上、必ずファーストクラスを使用しています。当然、VIP待遇です」

「三十半ばのお兄ちゃんがなぁ」

黒田は椅子にもたれかかって伸びをした。

「ちなみに彼の父親は大手の不動産業者だったようです」

「うん？　父親は地上げ屋か」

「主に赤坂、六本木地区を中心に派手にやっていたみたいで」

「赤坂の宇田川……というと宇田川宗一郎《そういちろう》のことか。はぁ、あいつのご子息なわけか」

「ご存知でしたか」

宇田川親子を取り巻く人脈について、黒田は頭を巡らせた。

＊

西葛西の「しゅもん」は相変わらずの賑わいだった。

「あら黒田さん、お久しぶりです」

姉さん女房の真澄ちゃんが笑顔で出迎えてくれた。五席のカウンターの一番手前に落ち着く。

「一ヵ月以上空いたのは初めてだな」

カウンターの向こうからマスターの敏ちゃんが時候の挨拶代わりに声を掛ける。

「もう鯖の時期は終わっちゃいましたよ」

「うん、名残りの岬鯖《はなさば》を今年は食べ損なってしまった。そのかわりに五島の鬼鯖ってのを食べてきたよ」

黒田は鯖の刺身が大好物だ。

「長崎の五島は黄金鯖《ゴン》が有名ですが、鬼鯖ってのもあるんですか？」

板長の敏ちゃんが初耳といった顔だ。

「僕も初めてだったんだけど、そこで買って帰った鯖寿司は天下一品だったよ。本当に美味しかったな」

　黒田は微笑んだ。

「九州の食も奥が深いですからね」

「唐津のウニや壱岐の穴子なんて、博多と地元でしか食べることができないからね」

「黒田さんは博多がお好きですもんね」

「余生はあそこで暮らしたいと思っているぐらいだよ。ところで今日のお勧めはなに？」

　この店のお勧めには間違いがない。

「はい、赤ムツのいいのが入っているんですよ」

「いいねえ」

　赤ムツは金沢を始めとした一部日本海側で通称ノドグロと呼ばれている高級魚だ。

「半分炙《あぶ》りましょうか？」

「そんなに脂が乗ってるの？」

「抜群です！」

　なんとも美味そうである。黒田は迷わずオーダーした。

「飲み物はそうだね、手取川《てどりがわ》の特別純米はある？」

「山田錦一〇〇%のお酒ですね。ございますよ」

「それをちょっとだけ燗してもらえる？　赤ムツにぴったりだと思うんだ」

いつもどおり気の利いたお通しが運ばれてきたが、これには手を付けず、お造りと酒が同時に運ばれてくるのを待った。生ビールをオーダーしない時の食事パターンだ。徳利がお湯につけられたのを横目で見ながら、敏ちゃんはお造りの準備を始めた。

表面だけ絶妙に炙られた赤ムツの、豊かな甘みと旨みが口いっぱいに広がった。そこに見事な温度に燗をつけられた日本酒を注ぎ込む。最高だ。奥行きある純米酒の味と香りが、魚の脂と渾然一体となった。至福というのはこの瞬間を言うのだろう。

「うん！　絶品だね。ああ日本人でよかった」

「最高の組み合わせだと思いますよ」

敏ちゃんがカウンター越しに自信を湛えた笑みを向けた。

ここへ来て、黒田は相変わらず続いている部外者からのマークに不安を感じ始めていた。最初こそ彼らを巧みに巻いたり、尾行者を確保して「逆問」を楽しんだりしていたが、ここまで執拗に行動確認されるとは只事ではない。何よりも悩ましいのが遥香だった。黒田一人ならまだしも、「しゅもん」等の行きつけの店や、交際相手の遥香に迷惑がかかることを怖れた。遥香にはヤクザもんや外国の特殊な組織にマークされていることを伝えたが、遥香はその危険性に想像が及ばないようだった。

「だって日本の警察は優秀なんでしょ。ヤクザなんかやっつけちゃってよ」

黒田を警察ドラマのヒーローだとでも思っているのだろうか。

「僕の仕事は組織内でも理解されていない特殊な分野なんだ。ヤクザはともかく、海外の特殊グループは日本の警察なんてなんとも思っていないんだよ」


「そういえば黒田さん、マニラはどうだったんですか？」

敏ちゃんが他の客に聞こえないようにこっそり尋ねた。

「元気な街だったよ。ただ、ああいう時代の日本を僕は知らないから、今のあの国に投資して果たしてメリットがあるのかどうかは判断できないな」

「まだまだそんな国なんですか？」

「フィリピンだけじゃなくて、韓国や中国だって未だに日本人の男性旅行者に対して売春のポン引きが付いて回る程度の国だからね」

「中国や韓国も……ですか？」

「だって、西葛西の駅前で夜、一人で歩いていると何人の中国人、韓国人からマッサージに誘われる？」

「すいません。僕は仕事柄、夜の西葛西を歩いたことがほとんどないんです」

慌てて敏ちゃんの日常に考えが及ばなかったことを詫びた。

「そんな国が未だに戦後の補償だの領土問題だの言ってくる。ちゃんちゃら可笑しいよ。これに是々非々で回答できない日本の政治家はもっと情けないと思うけどね。『尖閣問題は今解決できる問題じゃない、百年先の優秀な後継者に任せるべきだ』なんて言ってる霞が関上がりの著名人までいるよね。それじゃ周恩来の受け売りだよ」

敏ちゃんは呆れ顔で聞いている。

「日本人はどんどんお馬鹿になっていくし、中国人はどんどん狡くなっていく。周恩来はそれをとっくの昔に見据えていたんだね」

「日本人はなぜ劣化しているのでしょう？」

「教育の問題だろうね。アメリカや共産主義の影響で質が下がったんだよ。日本中の公立学校で、信じられないような教員がたくさんのさばっているのは、まさにその影響だよ」

「僕が通っていた小学校では、先生同士のいじめが問題視されていたぐらいです。いい先生ほどいじめられて辞めていってましたよ」

「今でも変わっていないよ。特にあと数年で定年を迎えるという世代で、校長にも教頭にもなることができない教員たちのレベルの低さといったら」

突然、カウンターの常連客が話に加わってきた。黒田よりも一回りは年上だろうか。大手企業の会長を務めている人物だとは聞いているが、名前も知らなかった。

「お若いのによく世の中が見えていますね。今、日本で『この国家のために命を捧げる』という若者はまずいないでしょう。国家のために、と言うだけで引かれてしまう。その辺で特攻服を着て街宣車に乗って騒いでいる、程度の低い右翼と一緒くたにされてね」

「今、右翼を標榜している連中のほとんどはヤクザもんですよ。政治結社の名を借りて賛助金を巻き上げようとする、さもしい連中です。総会屋がなくなった代わりに『天誅を下す』などと言って企業を脅しているだけの輩だ」

「なるほど。でもそこまで明快に答えを出す黒田さん、あなた、本当は何者なんです？　何か調査会社をやられているとは聞いていますが」

つい公安警察の本音を出してしまった自分に恥ずかしい思いがした。

「僕が出た高校は本流右翼に近い学校で、防衛大学校に進む卒業生も多いんです。生徒手帳の一ページ目に学校訓が記されていたのですが、いきなり『天皇を尊び、国家を愛し……』ですからね。そんな厳つい男子校も、今では共学の進学校に変わってしまいましたが」

「いやぁ、頼もしい学校だ！」

「僕はただの愛国者です。時代遅れかもしれませんが、僕は未だにこの国家のために命を捧げる気概はありますよ」

持ち前の人懐っこい笑顔を見せて黒田は言った。

＊

翌日、庁舎管理室主任の警部補が人事第一課の監察員に身柄を拘束された。

警視庁ＯＢの雲林院壮介と銀座で会食したテーブルに、暴力団関係者が同席していたためだった。

人事第一課の監察は人目につく場所で声掛けをすることはない。必ず対象者が一人になった瞬間を狙った。

「坂下勇造主任」

深夜、茨城県牛久《うしく》市の自宅前でタクシーを停めた直後だった。家の門扉のノブに手を掛けた瞬間、監察係員が肩を摑んだ。その日、坂下は日付が変わるまで銀座で飲んでいた。酔いが回っているのか、坂下は事態が飲み込めない様子で威勢よく言った。

「なんだお前ら？」

「人事第一課監察係です。本日、雲林院壮介氏ほかの方々と飲食をされ、封筒を受け取ったことに関して少々お伺いしたいことがあります」

「な、なに？」

急に坂下の目が泳ぎ、短いパンチパーマの頭を強く搔いた。

「ここで立ち話もなんですし、こんな時間にご家族に不要なご心配をおかけしても申し訳ありません。本部までご同行願えますか」

丁寧な言葉遣いだったが、相手に有無を言わせない凄みがあった。坂下は黙った。すると二人の監察係員が、坂下の両脇から両手の肘を抱え、黒のワンボックスカーまで連行した。捜査員が身柄を拘束した被疑者に対して取る姿勢と同じである。坂下のダブルのスーツの裾が翻《ひるがえ》り、深紅の裏地が見えた。

車中は静まり返っていた。坂下が手に持っていたオーストリッチのセカンドバッグは証拠物保全用のビニール袋に入れられる。

車は警視庁本部地下一階の入り口に横付けされた。この入り口を管理しているのは坂下が勤務している庁舎管理室の職員である。

坂下は同僚に顔を見られまいと頭を下げた。貨物用のエレベーターに乗り、十一階にある人事第一課の取調室に入ると、すでに庁舎管理室の管理官と係長が苦々しい顔で頬づえをついていた。

監察係長の清水が二人に向かって言った。

「貴課の坂下勇造主任に間違いございませんね」

「ご迷惑をお掛けいたします。よろしくお願いします」

庁舎管理室の幹部二人は、恭しく頭を下げた。

「庁舎管理室のデータ管理に関しましても、これから情報管理課が証拠保全いたしますので、ご了承願います」

「しかるべく」もう一度頭を下げて、二人は退室していった。

顔を強張らせた坂下は懲戒免職という言葉で頭がいっぱいなのか、二人の上司が出ていくのを見ようともせず微動だにしない。

三畳ほどの窓がない部屋だ。奥に事務机が置かれ、入り口付近にパイプ机がひとつと二脚の椅子がある。奥に坂下が座り、監察係長が取調官として相対した。後ろの椅子に控えた山添《やまぞえ》が情報室の人間であることは、坂下はもちろん、取調官にも伏せられていた。

今回のリークは情報室を抱える総務部長からだった。人一課長は総務部長の命を直立不動で受けると、監察係員を呼んで取り調べを任せた。その際、総務部の捜査員を一人付けるとだけ言い渡した。

清水がおもむろに口を開き、取り調べが始まった。

「坂下勇造主任、これからあなたに伺うこととあなたの回答は調書を作成いたします。これはまだ刑事事件ではありませんので、供述拒否権の告知はいたしません。あくまでもあなたの人事上の監察資料です。この内容を元に人事権を行使することになります。ご承知おき下さい」

坂下はなにも答えず、監察係長の清水を見返した。人事第一課の監察係長といえば、叩き上げの警察官の中ではエリート中のエリートだ。被疑者的立場にある坂下は、相手がどれだけのことを知っているのか探ろうとしているのだった。

「最初に、あなたの人事経歴を確認します」

人事第一課だけに、坂下が警察官を拝命してから現在までの人事記録をすべて持っていた。その人事記録には、警察官を拝命後のあらゆる成績や勤務評定は当然として、本籍、学歴から本人を含む近親者の前科前歴、信仰する宗教から職場内外の交友関係まで記載されていた。

「さて今回、あなたに伺いたいポイントは二つあります。まず、雲林院壮介との関係です。もう一つはあなたが総務部理事官の黒田警視の動向を庁内防犯カメラで調査した関係です」

黒田の名前が出た途端に坂下の額に脂汗が滲《にじ》んだ。しばらく悩ましそうに目を瞑っていたが、顔をあげると静かに言葉を漏らした。

「まず、雲林院さんは私の捜査四課時代の一年先輩にあたります。公私ともに非常に可愛がっていただきました。そのため、雲林院さんが会社を辞めてからも、以前と変わらないお付き合いをさせていただいています」

「なるほど。あなたは雲林院氏の現在の仕事を知っていますか？」

「昭和情報企画の危機管理コンサルティング担当と聞いています」

「あなたは、その会社が指定暴力団極盛会のフロント企業だということを、当然知っていますよね」

坂下の喉元が大きく上下した。

「フロントの認定はなかったと思います」

「認定はなかった？　そんな筈はないな。昭和情報企画はバブル期に極盛会が行った、赤坂や六本木の地上げに関与していただろう」

清水の語気が強くなっていく。

「確かに、地上げには関与していたが、フロントとして認定したとは、今の今まで知りませんでした」

「ほう。するとどのような形で地上げに関与していたんだ？」

「不動産屋の買収というところでした」

「その原資はどこから出ていたんだ？」

「あの会社は実に巧みに金を調達してきていました。しかしそれが全てヤクザの汚れた金というわけではなかったはずです」

坂下は相手の出方を窺いながら慎重に言葉を選んでいる。

「だからといって、当時捜四で地上げの現場を見てきていたのなら、ある程度の判断はできたはずだ」

「まあ、あの当時は銀行も各種信用組合もノンバンクも金に浮かれていた時代でしたからね」

監察係長の清水が、当時の地上げの状況についてそれほど通じていないことを坂下は見てとった様子だった。口元に僅かに笑みを浮かべながら続けた。

「昭和情報企画の金蔓《かねづる》はたくさんあったでしょうが、その中でも大きかったのはノンバンクですかね。しかし、かつてのサラ金は今や大手銀行の庇護の元にあるわけだ。結果的に、世の中の金の流れを見抜いた者だけが生き残ったということです。そこにはヤクザも経済界もない、熾烈《しれつ》な争いがあったことは確かですね」

「そして昭和情報企画は巧く生き延びた……ということかな」

清水は半ば坂下の話に納得するように頷いた。

「そんなところです。当時、昭和情報企画の総務にいたのは元都市銀行で融資担当課長をやっていたエリートです。捜四にいた雲林院さんは、彼を情報源にしようと内偵をしていたんです」

「すると雲林院氏は、昭和情報企画に自ら入ったわけか？」

「経済事犯を追っていた捜二ならいざしらず、ほとんどの警察官はバブルを体感していません。そんな中、暴力団の動きは実に速かったわけですよ。時流に乗って新しいことを次々と始めた。雲林院さんは、様々なジレンマと闘いながら捜査をしていたんです」

「しかし、奴が挙げたヤマは昭和情報企画とは全く違っていたじゃないか？」

「それは係長さん、結果だけしか見ていないからですよ」

パンチパーマの坂下が真剣な眼差しを作って訴えた。取り調べは今や坂下のペースになろうとしているのだった。

狭い室内の空気は、時とともに変化していく。部屋の隅に座って立会人を務める山添は、二人のやりとりを冷静に見つめていた。

「昭和情報企画からの端緒情報で別事件を挙げたといいたいんだな」

「そのとおりです」

「そのヤマには坂下主任も関わったんだな」

「はい。警視総監賞ももらっていますよ」

清水は人事記録に目を落とした。

「雲林院氏が警視庁を辞めて昭和情報企画に入ったのは、それから五年後だな。バブルは弾けた後だろう」

「いえ、ヤクザもんのバブルはもっと長く続きました。いわゆるバブル崩壊とは、銀行屋の基準ですよ。公安連中だってまだまだ楽しそうにやっていましたよ」

「公安？　公安部のどこのセクションだ？」

「さあ。当時、公安部が関西方面のヤクザもんと積極的に接触して、祇園で大盤振る舞いしていましたよね」

「どうして公安がヤクザもんと飲まなきゃいけないんだ？」

「奴らが何をしているかなんて知りませんよ。何かにつけ大上段から御託を並べて金を遣っている連中ですからね。捜査費だって俺たちとは全く桁が違う。ヤクザの組長クラスが公安の捜査を『バブル捜査』といって呆れていましたからね」

皮肉な笑みを見せて坂下は顎《あご》をなでた。公安に対する敵意をむき出しにしている。

「それだけ公安はヤクザにも食い込んでいたんだろう」

「奴らは金で釣っていくんですよ。それも大物のヤクザをね。あとは金もそうですが、公安の持つ秘密情報をエサにするんじゃないですか。特に銀行、宗教団体、政治家についてのね」

「公安はそれをヤクザに流すのか？」

「公安はとにかく手口が汚い。煽《あお》るだけ煽ってから同士討ちさせるか、争いに割り込んで漁夫の利を得るか。俺たちから言えばあんなのは捜査でも何でもない」

監察係長は咳払いをして椅子に座り直すと、ようやく話題を変えた。

「公安は公安として……雲林院氏と頻繁に会うようになったのはいつ頃からなんだ？」

坂下の目に一瞬弱気な色が差した。その変化を山添は見逃さなかったが、監察係長は相変わらず強弱のない取り調べを続けている。

「元々、よく飲ませてもらっていましたからね。警視庁先輩後輩規定、ってやつですよ。係長、卒配の時、寮の先輩から言われませんでした？」

またへらへらとした態度に戻った坂下は、清水を見下すような言い方をした。

「僕は卒配後に結婚することが決まっていたから、寮には入っていないんだ」

卒配というのは警察学校を卒業して最初に赴任する所轄のことで「卒業配置」の略称である。

「へえ、大卒の方は違いますね。もしかして係長が警察学校時代に入った寮は個室ですか？」

頷く清水は坂下が何を言いたいのか分からない様子だ。

「それじゃ悪いけど、本当の意味での警察官の先輩後輩はわからないですよ。特練経験もなし？ああ、残念な人だな。エリートでいらっしゃる清水係長は、どうせ一発・一発組なんでしょ？」

特練は、広く警察の正課である柔剣道や逮捕術、マラソン、拳銃など様々な分野で所属対抗戦がある際の特別訓練のことを言うが、とくに柔剣道を指す場合が多い。一発・一発組とは、大卒の警察官で巡査部長、警部補の各昇任試験に一発合格した成績優秀者のことをいう。

「まあそうだが、その『警視庁先輩後輩規定』ってのはなんだ？」

「うち下っ端警察官にとって一番大事な規律ですよ。警察法や警察官職務執行法なんかよりも、重みがあるかな。先輩の言うことには絶対に従う、っていう暗黙の規律でね。たとえどんなに理不尽なことだと思っても、恩義がある先輩、惚れ込んだ先輩には絶対服従ですよ」

「すると坂下主任と雲林院氏はその関係だというのだな？」

「そのとおりです。よく警察を辞めた人とはあまり深く付き合うな、なんていいますよね。捜査情報などが流出するからって。でもそんな簡単に切れる関係ではありませんでしたから」

清水は姿勢を正して尋ねた。

「そこまではわかった。坂下主任が雲林院氏から金をもらうようになったのはいつ頃からなんだ？」

坂下の目つきが変わった。

「五年位前ですね、長男が大学に入る時に相談しました」

「金の相談か？」

「私を先輩の会社で雇ってもらえないか……という相談です。せめて息子の学費くらい払ってやりたいと思いましてね。私もいい加減この組織が嫌になっていたところだったんです」

「組織が嫌になっていた……？」

「私は巡査の頃から刑事《デカ》一筋の男ですよ。それが制服を着せられて、コンピューター相手に座って仕事をするなんて生活に慣れるわけがないでしょう」

「雲林院氏は何と言ったんだ？」

「『庁舎管理室をあなどるな。そこにいれば警視庁本部庁舎内のことが何でもわかるようになる』って。確かに、総監室から留置場の中までその気になればほとんどわかるわけで、先輩もそれを利用したかったんでしょう」

「報酬はどうだったんだ？」

「辞めない代わりに毎月二五万円です」

「その金は当然、申告もしていないんだな？」

「公安の連中の活動費やらと一緒ですよ」

「ほう？　その見返りはなんだ？」

「まず、警視庁本部各部、各課のデスクの配置図と係員の名前ですね」

「そんなものまで渡していたのか？」

清水は何のためらいもなく供述する坂下に啞然とするしかなかった。仮にも彼は庁内序列筆頭の総務部企画課に所属する主任なのである。

「個人情報じゃありませんからね。大丈夫だと思っていました。それから、本部留置場内の様子ですかね。付き合いのある団体の諸兄たちが、どの房に入っているかとか、まだ落ちずに頑張っているのかなど知りたかったのでしょう」

坂下はぺらぺらとしゃべり始めた。

警察官は実に落ちやすいのだ。罪を犯した元警察官が、その取り調べにおいて完全黙秘を貫くということはまずない。ただし情報源に関しては、公安部や捜査二課の情報に携わった者なら完全黙秘するだろう。「死んでも喋らない。墓場まで持っていく」と誓って。

「わかった。最後に、総務部の黒田理事官の動向を探った理由はなんだ？」

「先輩から名指しだ。庁舎内での奴の動きを知らせるように言われたんだ。なんでも、昭和情報企画とその関係団体を海外まで行って探っているようで、気持ちが悪いってね。俺は黒田という理事官とは面識はなかった。ただ情報室っていうのは、ここそ動き回っている閉鎖的な組織だろ？　それにあいつは、古賀総監や重里《しげさと》刑事部長などキャリアのトップに目を掛けられて大物を気取っているって話だったから、こっちも面白くなってな」

「それはいつ頃からの話なんだ？」

「ちょうど一ヵ月位かな」

坂下と雲林院の携帯電話による通話記録を見ると、確かに黒田がマニラから帰ってきた直後から頻繁に連絡を取り合っているようだった。

山添は頭をめぐらせて情報を分析し、室長の黒田のもとへ報告に向かった。

「室長。坂下の性格と能力からみて、嘘はついていない様子です」

「それくらいのタマだろうな、あのパンチパーマは」

「室長はフィリピン出国時からターゲットにされていたと考えられます」

黒田は頷いた。

「帰国後すぐに、中国大使館の関係者と雲林院の手下が、僕の回りをちょろちょろし始めたんだ。両者とも臓器売買に関わっているのか。その背後で誰が関与しているのか。山添、今からそれを情報室で暴いていこうじゃないか」

山添の肩を力強く掴むと、黒田は眉を上げて見せた。

「やってやりましょう！　栗原班の世界平和教情報の扱いはどうすべきですか」

「まずは、奴が教祖の韓文光本人という確証を得ることだ」

「分かりました。中国班は、いつ出しましょう？」

「そろそろだな。パスポートはグリーンでなく、個人のものだぞ。入国段階で向こうの公安がへばり付いて来ることを口を酸っぱくして伝えておいてくれ」

「了解です。パスポートの常時携帯を徹底しておきます」

山添が部屋を出て行った。黒田は天井を見上げると、この案件の相関図を思い描いていった。

＊

久しぶりに夜の赤坂に向かっていた。

この日も霞が関で最初の点検活動を行うのは忘れない。

警視庁の副玄関を出て、警察庁が入っている中央合同庁舎2号館に入った。入り口左手には、霞ケ関駅に抜けるエスカレーターと階段がある。急ぎ足で下りエスカレーターに乗った。もし追尾者がいれば、その姿を外から見るなり駅へ走り出すに違いない。

黒田はエスカレーターを降りると駅には向かわず、反対側の食堂方向に進んだ。その先の非常階段から再び庁舎一階ホールに出て、二度目の点検を行う。

外に出た。国土交通省ビルを通り抜けると、財務省上の交差点を渡って、首相官邸に向かうなだらかな茱萸《ぐみ》坂《ざか》を登る。衆議院第二別館前まで来ると、階段をおりて国会議事堂前駅に着いた。

ここでも真っ直ぐに千代田線の改札に向かうことはしない。丸ノ内線改札に入って新宿方面行きの前方エスカレーターを降りる。地下通路を足早に通り抜けると、千代田線ホームに続くエスカレーターに飛び乗った。念には念を入れ、だ。

国会議事堂前から一駅で赤坂である。赤坂に着くと店とは逆方向に向かって歩き、最後の点検作業を済ませた。

時間は午後八時を少し回った時間だった。ようやく店の前まで来ると、中では一回目のライブが始まったばかりとみえ、バイオリンの音色が木製扉を通して聞こえる。つぐみがバイオリンを弾いていた。彼女は気品ある整った顔立ちをした美しいバイオリニストだ。黒田は指定席のようになっている、カウンターの一番入り口側に座った。

「お久しぶりです」

ママは微笑むと、ジェスチャーでビールか焼酎かブッカーズかを尋ねた。しばらくするとと、三曲演奏を終えていったんステージを下りたつぐみが隣にやってきた。

「いつも本当に美味しそうにビールを飲みますね。ところで今日、遥香は？」

「九時頃になるそうだよ」黒田はグラスを一気に空けると言った。

「黒田さん、お引っ越しされたんですか？」

一瞬ぎくりとした。「遥香から聞いたの？」

「いつだったか、遥香にあのどら焼きがまた食べたいなってお願いしたんです。西葛西の和菓子屋さんの名物のあれです。そしたら、黒田さんは今、西葛西じゃないから行く機会がないって」つぐみは唇を突き出す。

「あそこのどら焼きは都内では三本指に入るくらい美味しいからね」

「ええ。あのずっしりとした感触が好きなんです」

「実は最近忙しくて自宅に帰れないことが多いから、公舎住まいなんだよ」

「公舎かあ、じゃあ遥香は遊びに行けないんだ」

つぐみは自分のことのように寂しそうに呟いた。

「そんなことはないけど、周囲の目がね……入居しているのは所属長クラスばかりだから、彼女も気を遣っているんだろう」

「最近あまり逢っていないんですか？」

「この一ヵ月は二度しか顔を見てないな」

短い沈黙が流れた。遥香の身の安全を考えてのことなのだが、かといって遥香に詳《つまび》らかに事態を説明することもできず、彼女が不満を募《つの》らせていても仕方なかった。

「黒田さんが忙しいから、遥香はまた勉強を始めるって言っていましたよ。偉いな」

「その向学心、僕も感心するよ。助産師資格をいかしたいみたいだ」

「黒田さんがほったらかしにしてたら、案外、青年海外協力隊かなんかに行っちゃうかも知れませんよ」

つぐみのさぐるような目を受け止める。友人に話した雰囲気では「案外」ではないのかもしれなかった。

「国境なき医師団に興味を持っているようだからね」

「子供の命を救いたいって。看護師プラスアルファのやり甲斐を求めているんだと思います」

「しかし、そうなると世界中の紛争地域や戦闘地域に赴くことになるからね。遥香が命懸けの仕事を選ぶ必要があるのかな……とも感じる」

うつむいた黒田は二杯目の酒が入ったグラスを眺めた。

「でも、誰かがそれをしなければならないのでしょう?」

「国家というものを構えるならば、本来それは自国で引き受けるのが原則だと思うよ。いくら人道的な支援を行ったところで、支援を受ける人たちに自立の道が開かれるとは思えない。生死の境目にいるからこそ、本能的に子孫を残そうとして子供を作るのかもしれないけれど、それでは人間としての尊厳はないからね。人道支援というマスターベーションに溺れても意味がない」

「あの、黒田さんって案外クールなんですね」

つぐみは驚いたのかしきりに瞬きをした。

「まず、支援を受ける彼らに農業を教えてやることが大事なんじゃないかな。難民キャンプで自ら畑を耕している人を見たことがない。弱者は弱者なりに自給の道を切り開いていかないとね。もし、彼らを攻撃してくるものがあれば、国連軍として徹底的に制圧をすればいいんだ」

饒舌になった。なぜか止まらなかった。つぐみは緊張した顔で聞いている。

「内戦の双方を救おうなんて、全くナンセンスだよ。それではいつまで経っても終わらない。この話の裏側には武器商人の影があり、その背後ではアメリカ、ロシア、中国という国連安保理の常任理事国が自国の利益のために動いている。所詮、国連なんて強い国の理論を弱い国に押しつけているだけなんだ」

「……なんだか遥香がかわいそう」

「まあ、自分の目で見てくることも大切さ」

「本当に厳しい世界に身を置いている黒田さんだからこそ言える言葉ですね。私は遥香に何か協力できることはあるのかな。そして音楽は人を、世界を救うことができるのかな」

ステージの方をぼんやりと見つめながら、つぐみは頬杖を突いた。

「遥香は人の命を救うことが自分の天職だと思っている。その仕事の幅をさらに拡げたいという彼女に対して、僕はとやかく言う立場ではないよ。つぐみちゃんが遥香を助けるとすれば、いつもどおり友達として接しながら、時には音楽を聴かせてあげればいいんじゃないかな」

黒田は穏やかな笑顔になった。

「芸術を愛でる人にとって、音楽は何よりも心を打たれるものだと思うよ。戦闘地域にいる人だって音楽を聴いて涙するじゃない？　ただ、難民キャンプで明日の命も知れない人々にとっては音楽はまだ必要ないものだろうね。一かけのパンやミルクより優先されるものではない。彼らがいつか音楽に耳を傾けることができるよう、今、我々に何ができ、何をすべきか、考えればいいんじゃないかな」

つぐみはしばらく考え込むように目を閉じた。そして小さく数回頷いてから黒田を見返したとき、目頭から一粒の涙がこぼれた。

勢いよく木の扉が開いた。店に入って来たのは遥香だった。目を潤ませたつぐみの姿を、凝視している。向き合って真剣に言葉を交わしている二人の姿は遥香の目にどう映っただろう。

「あ、早かったね……」

声を掛けたつぐみに挨拶もせず、遥香は呆然としている。

「お疲れさま。先にやってるよ」

いつもと変わらない表情で黒田は微笑んだ。遥香も無理に笑おうとしたが、右頰が引き攣っていた。

「つぐみと何かあったの？」

「音楽と平和の話をしていたんだよ」黒田はグラスを持ち上げた。

「何それ？」

「君が新しい勉強を始めた、というところからね。僕が忙しすぎて、遥香に寂しい思いをさせて心苦しいって」

遥香はカシスウーロンをオーダーした。ここで使うウーロン茶は、阿里山《ありさん》烏龍茶と呼ばれる台湾の高級品だ。台湾嘉義県《かぎけん》にある阿里山の、海抜一三〇〇メートルから一五〇〇メートルの北側斜面で栽培されたものである。これをガラス製の茶器でゆっくり淹れ、ロックアイスを浮かべてルジェ・クレーム・ド・カシスを注ぐ。

気持ちを落ち着けたいとき、遥香はこのカクテルを注文した。この茶器も烏龍茶も黒田が遥香のために取り寄せて店に置いてもらったものだ。

「純一さんが遥香と遊んでくれなくなったから、お勉強を始めたんだものね」

つぐみは目を伏せて遠慮がちに言った。

「つぐみも一緒に飲まない？」

カシスウーロンが届いたところで、遥香は友人に普段どおりの笑顔を見せた。

「遥香スペシャルね。一度飲みたかったんだ」

つぐみも安心した表情だ。

しばらく三人で取りとめもないことを話した後、恐る恐るつぐみが聞いた。

「でも、黒田さんっていつもあんなに論理的なの？」

「私、いつも純一さんに言いくるめられてるの。確かに納得はするんだけど、でも、どこかで言い負かされている自分が悔しいの！」

目を細めて遥香を見つめる黒田にママが囁いた。

「若い彼女を持つと大変ね」

黒田はめずらしく自分の顔が熱くなるのが分かった。額に手を当てる。

「ママはさすが会話のツボを心得ているよね。うちの捜査員にも、そんな一言が繰り出せるようになって欲しいよ。というより、僕も女性相手に理詰め一本じゃ駄目だよね」

「そうね。黒田さんには隙がなさ過ぎるのよ」

「うん。懐が狭くて乏しいからね」

「ふふふ、そんな親父ギャグは得意なんだけどね」

ママは遥香とつぐみにも聞こえるように言うと、二人もくすくす笑った。

その夜、遥香を初めて公舎に連れて行った。

「外見は高級マンションだけど、中は小洒落たアパートって感じね」

「公務員住宅だからね。国会議員宿舎とは全く違うよ」

「国会議員ね……そういえば、今日、有名な国会議員がうちの病院に来ていたわ」

「そう？　遥香が知っているくらいだから、相当有名なんだろうね」

遥香をからかうのは楽しい。

「私だって、常識程度には知ってるもの！　以前はよくテレビに出ていた幹事長さんだったよ」

　黒田の耳がぴくりと動いた。「幹事長？　民政党の？」

「そうそう、田村幹事長よ。極秘だけど、移植手術を受けるって噂」

　遥香は黒田の耳に息を吹きかけながら小声で言った。

「田村が移植手術？　あいつは最近肝臓が悪いという話を聞いていたけど、聖十字病院で手術をやるの？」

「ううん。宝田さんと同じ、カリフォルニアの病院らしいの」

「ロングビーチのダナ・フォックスか」

「なんだ、知ってるんじゃない。ちなみに、宝田さんの執刀医が田村さんのオペもやるらしいわ。すごい報酬で」

　黒田は怪訝な顔をした。

「遥香、どこからそんな話を聞いてくるんだ」

「ナースの情報網を少しは見直した？」

　殺風景な部屋の真ん中に置かれた黒革のリクライニングチェアーに黒田はどっかりと腰を下ろし、天井を見つめた。家で集中したいときはいつもここだ。

物思いに耽《ふけ》る黒田を横目に、遥香は口を尖らせてキッチンに入った。

冷蔵庫を開けると、水割り用のグラスがキッチンタオルの上で冷やされている。ドアの棚にはウィルキンソン・ソーダが数本並んでいた。

遥香はグラスにブッカーズをスリーフィンガー分注いだ。そこへロックアイスを入れてソーダを加えると無数の気泡が湧き上がった。

「本当に寝に帰っているだけの部屋なのね」

そう囁いて、遥香は黒田の右手の甲にグラスを軽く当てた。

「あっ、冷たい」

驚いてグラスを受け取った黒田は一気に三分の一を空けてしまった。

「美味しいな！　飲みなよ」

遥香も嬉しそうにグラスに口を付ける。するとバーボンの芳醇な香りを鼻腔に感じたのか、ゆっくりと目を閉じた。その表情が可愛かった。

「二人で飲んだら、このボトルは半日も保たないだろうな」

「ねえ、純一さん。私、余計なことを言ってしまったのかな。個人情報を漏らしたの？」

「僕にとっては極めて貴重な情報だったよ。ハワイで遥香が宝田を見つけてくれた時と同じようにね。ありがとう」

「役に立ったのなら嬉しいけど、本当はダメなのよね。職務上の秘密を話しちゃ」

「法的には問題ないよ。ただ、病院の内部規律には抵触しているかも知れないけどね。ほら遥香、貸してごらん」

受け取ったグラスを置くと、黒田は遥香の手を取って抱き寄せた。しばらく二人ともそのまま動かなかったが、おもむろに遥香は黒田の足元に膝を突き、太腿に頬ずりを始めた。黒田はその頭を優しく撫でた。

*

翌朝出勤すると、黒田は山添を呼んで次々と指示を出した。

「宇田川宗一郎の近況を至急調べてくれ。元民政党幹事長の田村久之の健康状態と併せてだ。あと、宇田川彰三医師を今日から行動確認してくれ」

一通り落ち着いたところで卓上の受話器に手を伸ばした。この回線は警視庁本部を経由していない、情報室の独自回線だ。

「ハイ！　君からの電話はいつでもウェルカムだよ」

「クロアッハ、実は世界平和教教祖の韓文光のことなんだが、何か耳に入っているかい？」

「体を壊しているらしい。ただ実は所在がまだわかっていないんだ」

「ほう。モサドでも知らないことがあるんだな」

黒田は思わず眉を上げた。

「宗教関係のトップの動向はほとんど把握しているつもりだが、彼はこの数ヵ月間行方が知れていないんだ。死んだという話は聞いていないし、組織に特段の動きは認められていない」

「なるほど。具合が悪いというのはレバーか？」

「そうだ。元々腎臓が悪くて透析を行っていたんだが、透析の際に何らかのミスがあったらしく、肝炎を併発したらしい。それを聞いたのは半年程前だが、情報はそれっきりだ」

「クロアッハ。彼が臓器移植を受ける可能性はあるかな？」

「臓器移植か。血の入れ替えは彼らの教義に反する行為ではある。もし、それが信者に知られたら教団は分裂の危機に陥るな」

クロアッハはおもむろに訊いた。

「ところで日本警察は何か摑んでいるのか？」

「ああ。君は以前、アメリカと司法取引したヤクザの宝田が臓器移植を行った病院を教えてくれただろう」

「ロングビーチのダナ・フォックス病院だったな」

「イエス。そこにいたんだよ、韓文光が！　まだＤＮＡの検査結果は得ていないが、写真撮影の結果からほぼ間違いない」

「すると奴も臓器移植を行った可能性が高いな……」

クロアッハの言葉が止まった。彼もまた教団の背後関係と政治的な問題を分析しているのだろう。

「ジュン、君は教団のナンバースリーと親しいんじゃなかったか？」

「ああ、朴《パク》のことだね。彼にはＤＮＡの検査結果が出てから話そうと思っている」

「なるほど。結果がわかり次第こちらにも連絡をくれ」

電話を切るとすぐに外線ランプが点滅した。

「おお、栗原か。調査は順調に進んでいるかな？」

韓文光の姿を確認した後、栗原はＦＢＩロサンゼルス支局の協力を得て、ダナ・フォックス病院の経営実態と取引先一覧を入手していた。ＦＢＩの対応は早かった。

「ＦＢＩはさすがですね、室長。日本で言えば警察資料に加えて、税務調査報告と企業データバンクが一緒になったような書類をあっという間に出してくるんです」

「それはロサンゼルス支局のトップの勘がいいからだろう。協力的でありがたいな」

黒田は送られてきた詳細なデータを見ながら話し続けた。早く確証がほしかった。

「ところで、教祖のＤＮＡ鑑定についてはどうだ」

「現在、臨床検査会社からの回答待ちです」

「韓文光の件は、まだＦＢＩに伝えていないんだな」

「はい。ただ、ＦＢＩは入院患者名簿に高い関心を示しているようなんです。日本のヤクザの入院先というだけで、彼らが躍起になって調べるとも思えません」

なぜだ――黒田はＦＢＩの動きに違和感を覚えた。

「入院患者名簿？　なぜだ。ＦＢＩは何を追っているんだ」

黒田は強く目を閉じて、一気に深い思考に入った。

この病院のデータを見る限り、入院患者の八割は一億近い金を払って移植手術を受けた患者だ。

「彼らは世界中から集まった金持ちだよな。富める患者たち、もしくは病院関係者の間でヤバいことが行われていて、ＦＢＩが何かを嗅ぎつけたんじゃないのか」

「考えてもみませんでした。ダナ・フォックス病院は、別の犯罪の舞台にもなっているのでしょうか」

電話の向こうの栗原は目を大きく見開いていることだろう。

「きな臭いな。できる限り周囲に目を配り、気を配り、金を配りながら情報を取ってくれ。FBIの動きにも十分注意を払っておくように」

黒田は再びクロアッハの番号を押した。

「ジュン、どうしたんだい。何か言い忘れたかな？」

「いや、今ロングビーチに送っている捜査員から妙な報告が入ってね。FBIがダナ・フォックス病院を捜査しているらしい。彼らの狙いは僕らとまた別のところにありそうでね。FBIは入院患者名簿を入手しようとしている」

「大金持ちたちのリストをか……なるほど」

クロアッハは何か思い当たるところがあった様子だった。

「ジュン。君のところの捜査員はDNA鑑定結果が出た段階ですぐに現場を引き払った方がいいかもしれないな。FBIに変な詮索させないようにね」

クロアッハは意外なことを言った。

「どういうことだ？」

黒田は無意識に大声を出していた。

「いや、想像に過ぎないが、彼らが進めている捜査に日本のヤクザが絡んでいるとしたらどうだろう。今、アメリカ政府が懸命に摘発を進めている事犯だよ。ほら、金持ちのいるところで頻発する、アレさ」

「……インサイダー取引か？」

二〇〇一年のアメリカ同時多発テロ事件以後、ＦＢＩを中心としたアメリカの捜査機関は、大規模な人員をテロ関係に充てた。しかし、国際テロ組織アルカイダ指導者、ウサマ・ビン・ラーディン容疑者殺害で、徐々にテロの捜査人員の数を減らしていっていた。次なる捜査目標はインサイダー取引の撲滅《ぼくめつ》なのだ。

「今、アメリカでは捜査機関が批判されている。金融危機を防ぐことができなかったのは、経済事犯を放置していたからだって言われてね。彼らは必死になって名誉挽回を狙っているのさ。大統領選を意識する政府の意向でもあるけどね。いいアピールになる」

「インサイダー取引の仲介役がヤクザということか」

「そう考えてみたらどうだろう」

「ＦＢＩが追っている件にも宝田が関わっているのか？　命乞いしながら、しっかりとニュービジネスを立ち上げるとは、さすがただでは起きない宝田だな。クロアッハ、君の頭脳に深く敬意を表するよ」

黒田は次の捜査の手を打つべく、内田の電話番号をプッシュした。

「内《う》っちゃん、そっちはどうだ？　ピッツバーグのセントルーカス病院から入手した資料は非常に価値あるものだったな」

「ありがとうございます。みな張り切って資料分析をしています。臓器入手ルートがほぼ解明できそうです。この世界の闇は思った以上に深く、極盛会の介入も認められますね」

「ところで、セントルーカス病院の入院患者リストを手に入れることはできる？」

「できると思います。病院のスタッフとはすっかり仲良くなりましたので。何かあったのですか？」

「内田はインサイダー取引捜査をやったことがあったよな。セントルーカスでも行われているんじゃないかと思ってね」

「病院を舞台にしてですか？」

「移植手術を行う病院には、世界中の富裕層が集まっているわけだろう。消え入りそうだった自分の命が、そこでまた息を吹き返すんだ。金持ちってのは想像以上に、金への執着が強い。自分に新たな生がもたらされたと分かったら、次に考えるのは金儲けのことさ。病院では大会社の内部情報が飛び交っているかもしれないよ」

もしインサイダー取引の話が転がりこめば、渡りに船である。黒田は愉快な声で続けた。

「複数の人間がインサイダーに絡めば利ザヤは減るが、証拠を分散して隠すことができる。相応のマージンを受け取るだけでも美味しい話だろう」

「いやあ、面白そうですね！　そうすると、僕らはもう少しここで調査を進めるということですね？」

内田は興奮した様子で尋ねた。

「栗原班の三人をそちらに送るよ。栗原は一旦こちらに戻すが、佐藤主任をね」

「あのハイテク捜査官の佐藤慎一さんですか？　日米のハイテク捜査員対決みたいですね」

内田も心強いだろう。黒田は笑いながら答えた。

「実際にインサイダー取引が行われているのか、もちろんまだ何とも言えない。ぜひ佐藤と一緒にその糸口を摑んでもらいたい。彼はコンピューターの天才だからな。FBIにはこちらの手の内を見せず、巧くやってくれ。佐藤主任の能力に関しては伏せておくんだぞ。佐藤なら、彼らの周辺機器やちょっとしたデータを見ただけで何をやっているかわかるだろうからね」

「楽しみにしています。そう言えば、ＦＢＩニューヨーク支部がホワイトカラー犯罪の担当者を大量増員していましたよ」

「ウォール街があるからな」

「はい。先日も法曹関係者が集う米法務協会《PLI》の講演会に、米証券取引委員会《SEC》や司法省、それに米商品先物取引委員会《CFTC》といった経済事件を取り扱う捜査機関の局長が顔を揃えていたそうです」

「なるほど。捜査の過程で変な奴が顔を出したら、最終的には警察庁経由でＦＢＩに通告すればいいさ。日本の警察は知っているぞ、というメッセージとしてだな。舐められたらおしまいだ」


翌日、デスクで朝のブルーマウンテンを飲む黒田の元に、韓文光のＤＮＡ検査結果が届いた。

この検査はＦＢＩを通していなかった。栗原は、部下に非合法に採取した韓文光と思われる男の検体を預けると、ある臨床検査研究所に潜入させたのだ。日本国内に保存されている韓文光のＤＮＡ検体と照合を済ませると、黒田に報告を上げた。

「室長。あの写真の男は韓文光に間違いありません。病院内には防衛担当と思われる世界平和教のメンバーが十数人、常に傍で厳重に警戒していました。メンバーについては現在、公安四課のデータベースで照合中です」

弾んだ栗原の声を黒田は心地よく聞いた。

「韓のＤＮＡはどうやって入手したんだ？」

「血液検査と称して、本人の耳から直接採取しました」

「驚いたな。部下にそこまでやらせたのか？」

「教祖は毎日、耳から少量血を取って血液検査をしていました。当日、韓は血液検査を済ませていたのですが、医師に扮した部下が検体が見あたらないと詫びると、再度採血に応じたそうです」

「普段、採血は看護師がするんじゃないのか？」

「拝借した白衣とＩＤカードが血液学のドクターのものだったので、韓も疑わなかったのでしょう。監視カメラも確認しましたが、映っていませんでした」

優秀なエージェントに育ちつつある部下を誇らしく思う。自然と笑みがこぼれた。

「あまり無理な作業はさせるなよ！」

＊

——そろそろ世界平和教ナンバースリーの朴喜進《パクヒジン》を驚かせてやろうか。

「ご無沙汰しております、朴さん。韓教祖の体調はいかがですか？」

「えっ？」

受話器から聞こえてきた黒田の声を聞いて朴は絶句したようだった。

「以前から腎臓は透析されていらっしゃいましたよね」

韓は過去にもアメリカへ超法規的に入国し、世界最高水準の人工透析を受けると、その機器を購入し持ち帰ったらしい。

「ああ、透析は技術も進み、新薬もできているから特に心配はしていないが……」

「それならば、腎臓の移植など必要ないですよね」

狼狽した朴の顔が目に浮かんだ。黒田はさらに追い打ちをかけた。

「日本のあるメディアから、カリフォルニアに滞在中の教祖を撮影したという情報が寄せられましてね」

「ど、どこのメディアなんだ？」

答えが返って来るはずもない質問をするほど朴は動転している。沈黙が流れた。黒田は敢えて長い時間言葉を発せず、静寂に耐えた。

再び声を出したのは朴の方だった。

「黒田さん。撮影場所はカリフォルニアのどちらですか？」

かすかに声が震えている。

「ははは、これまで通りジュンで結構ですよ朴さん。てっきり教祖はサンパウロ総本部にいらっしゃるのだと思っていましたが」

「いえ、最近はワシントンＤＣのアメリカ総局におられることが多い」

「なるほど。するとＦＢＩやＣＩＡの目を盗んで西海岸にお出掛けされたわけですか？」

「……ジュン、君は何を知っているんだ！」

朴の早い鼓動が聞こえるようだった。

「原罪清算こそメシアの使命であるとし、教団の救いの核心はメシアによる血統転換ですよね？　その血を浄化する臓器を移植するというのは……教義への裏切り行為ではないですか」

さらに黒田は核心を突いた。

「教祖がそこまでお身体が悪いのなら、禅譲《ぜんじょう》でも世襲でもすれば済むことじゃないですか。韓氏が教義に反してまで教主であり続ける理由は何ですか？」

「ご家族の希望だよ……そのことを知っているのは、君一人だけなのか」

朴の声は今や悲鳴のように響いた。

「とんでもない。私の部下が捜査してきたんです。そして本日中には警察トップまで報告が上がるでしょう」

「すぐにＦＢＩにも知られてしまうんだね」

「おそらく。教祖といえども人間なんですから、病気にかかるのは仕方がない。その現実を受け止めて周囲がどのような対策を講じるかが重要なんです。まさに危機管理が問われる時ですね。朴さん、最近そちらの若手諸兄が目に余る行動を取っているようですが、何か懺悔《ざんげ》なさることはおありですか？」

朴は不愉快そうに声を尖らせて言った。

「鎌をかけないでくれ。ジュン、我々の心配なんかよりも、自分の身を案じたらどうだい。これから私は日本警察が教祖の臓器移植に関する情報を摑んでいる、と上に報告しなければならない。そうなると、残念ながら君の身に危険が及ぶ可能性が出てくる。ＦＢＩも知らなかった事実を暴いた、有能な君のことが心配だ」

「まだ非公然組織は残っているのですか？」

「かなり縮小したが、自衛できるぐらいには残っている」

「なるほど、すると今度は教団の意志で僕を狙ってくるということですか」

「だから自重自愛を祈る、と。本当に申し訳ない」

言葉とは裏腹に朴は冷たく言い放った。

「教団が警察に正面から闘いを挑むわけですね」

黒田は世界平和教と研鑽教会の非公然部隊による警視庁本部襲撃事件を思い出しながら、落ち着き払った声で朴の真意を探ろうとした。

「朴さん。一言、教団存続の危機を回避するためにはいかなる手段も講じる準備がある、と言えばいいじゃないですか。教祖の肝臓移植と腎臓移植が信者に対する裏切りになるのであるならば、教祖の地位を譲ればすむことでしょう。僕一人の命を奪ったところで何になるんです。全世界があなた方を、ますます過激化するカルト集団と恐れるだけです」

「私たちは世界中の情報組織、警察組織を敵に回すことになるんだね」

「自由主義社会の情報組織は絆が強いのです。いいですか、朴さん。こちらは世界平和教を徹底粉砕する準備を整えておきますからね」

「教祖の臓器移植手術に関するあらゆる証拠資料を押さえているのだろうか、日本警察は」

朴は再び弱気な声をあげた。

「世界中のマスコミに手術後の教祖の動画映像を流しますよ。教団がひた隠しにしてきた事実だってね。覚悟してください。いつでも出せるようにしておきますから」

朴が大きく息を吸ったようだった。黒田は受話器を静かに置いた。

# 第四章　危機

丸二日降り続いた雨が夕方にはすっかり上がった。明日、土曜日は数週間ぶりの完全オフである。早めに官舎に戻り、スーツを着替えてから夜の街を楽しむつもりで外へ出た。

桜田門駅から有楽町線に乗り、二駅目が麴町だ。駅から官舎までは三百メートルもないが、ここでも黒田は点検作業を行う。

二度目の点検を終えた直後だった。

「悪いな、ちょっと付き合ってもらおうか」

背後から強い力で両腕を摑まれて目を見開いた。

「——何もんだ」

咄嗟《とっさ》に両脇の男たちの顔と服装を確認する。ヤクザ者に違いなかった。

「黙ってついて来ればいい」

背中に拳銃のようなものが突きつけられた。仲間はもう一人いるようだ。

男たちが現れたのは、麹町駅を出て官舎のある半蔵門方向へ入った路地だった。警視総監公舎、麹町警察署長官舎も五〇メートルと離れていない場所である。付近を巡回する警察官の数も多い。いつも通り追尾に対する点検活動は行っていたが、油断もあった。

まもなく黒塗りのワンボックスカーが前方から近づくと、スライド式のドアが開いた。

「乗れ」

背後の男が言った。ここで下手に争えば偶発的にも発砲される可能性がある。連れ去られるということは、問答無用で殺害されるわけではない。危険から離脱するチャンスを窺おうと、黒田は冷静に判断した。

大人しく指示に従い、後部の二列ある座席の前に座った。すでに後ろの座席には二人の男がいる。全員が車に乗り込むと、運転手がアクセルを踏んだ。

「目隠しをするからな」

厚みのあるアイマスクを付けられると、車は右左折を繰り返し始めた。黒田から方向感覚を奪うためだろう。

拉致する場所の設定や抜かりのない手筈から、彼らはこの手のプロだろうと思った。

彼らは一切口をきかなかった。黒田も口を閉じたまま、体内コンパスへの意識を最大限に高めていた。

金曜日の午後八時過ぎである。渋滞は避けられない。黒田は信号で停車する度に周囲の音に耳を傾けた。走り出して十分ほど経過したころ、六本木商店会の者が交差点付近で募金活動を行っているような声がわずかに耳に届いた。さらにそれから十分後、今度はバスの運転手の声だろうか、「品川駅方面……」と聞こえてきた。

——第一京浜を下っている……。

緩やかに坂を上り、左カーブ、さらに右カーブと進む。それから徐々に下り坂に入っていく。

——御殿山を過ぎたところか？

車は高速道路を利用せず、小一時間走り回ってある建物の中に入った。

車のスライドドアが開いた時、わずかであるが湿った木の臭いと潮の香りを感じた。体内コンパスの感覚では大田区の六郷大橋の手前を左折した、羽田空港に近い場所と思われた。飛行機の離着陸音は聞こえなかった。壁には防音材が入っているのか、外の音は何一つしない。

　車を降りると、エレベーターに乗せられた。エレベーターは十数秒の間、ゆっくり降りていく。

　重い音をたてて扉が開いた。両腕を抱えられたまま箱の外に出る。足音の響きからそこは広い空間のようだった。

「椅子に座れ」

　そう命じられるや否や、両肩を椅子に押し付けられた。アイマスクは付けたままである。両腕を後ろに回され両手錠を掛けられた。

　すると先ほどの男が唸るような太い声を出した。

「黒田純一、桜内保険会社、取締役兼企画部長。もう一つの顔は、警視庁総務部理事官、黒田純一警視だな」

　マニラで会った枝野に渡した名刺から情報を得たのだろう。このヤクザたちは臓器移植に関することで脅しをかけてきているのだ。

「黒田警視、我々は人の命を救う仕事をしている。その何が犯罪にあたるというんだ？　余計なことに首を突っ込まないで、もっと善良な都民のためになる仕事をしたらどうなんだ？」

黒田は黙っていた。すると突然、右後方から強い力で髪が引っ張られ体が浮き上がった。すかさずもう一人の男が脇腹に蹴りを入れてきたため、派手に転倒した。一瞬息が止まりむせるように咳き込むと、男は、

「決してあんたに暴力を加えようとは思っちゃいねえ」と愉快そうに笑った。

「暴力どころか、今、お前たちがやっている行為は逮捕監禁、誘拐、威力業務妨害、公務執行妨害に該当する行為だ」

声を落ち着けて黒田は答えた。

「さすがに法律のプロだ。まあ、このくらいは序の口だと思ってくれ。あんたも組織の中じゃ浮いた立場のようだな」

「余計なお世話だ」――こいつら警察内のどこかと繋がっていやがる。

「私一人を葬ったところで、どうなるものではない。捜査というものは組織で動いている」

「ほう。しかしあんたは責任者だろう。捜査の打ち切りを指示すればそれでいい」

「それはお前たちから指図されるものじゃない」

そう言った瞬間、再度頭髪が引っ張られた。今度は引きちぎられるような強さだ。黒田の頸椎に唸り声をあげるような激痛が走る。視界に火花が飛んだが奥歯を食いし

ばって呼吸を整えた。

「お前たちが手足として使っていた坂下勇造警部補はすでにゲロしてるぜ」

「坂下？　そんな奴は知らねえな」

「ほう。雲林院壮介はどうだ」

「それも知らねえな」

　正面の男はとぼけた声で答えたが、背後の男が小さく舌打ちしたのを聞き漏らさなかった。

「それは困ったな、私は現在幾つかの捜査を並行して進めているんだ。お前たちが、お前そのどれを止めろと言っているのか皆目見当がつかなくなったな。もしかして、お前たちは中国人のパシリか？」

「なんだと」

「最近、私の回りをヤクザもんと中国人がゴキブリのようにうろついていて目障りなんだよ。ヤクザもんは、ある男を使って私の行動を監視していた。そいつも間もなくパクられることになるだろうが、それとは関係ないとなると、お前たちは中国人の御用聞きか？」

　黒田は首に激痛が走っていたが、挑発的な態度を変えなかった。

「おいあんた、いつまで強がってんだよ。今の状況をよく考えてみろ。あんたのタマを取るも取らないもこっちの思い次第なんだよ。つべこべ言うんじゃねえ」

アイマスクの下で黒田は顔を歪めて笑った。

「甘いなあ。調べが足りないよ。もう少し拉致《らち》る相手を考えておくべきだったな」

「なんだと？　じゃあついでにお前のところの部下でも、その家族でも拉致ってやろうか？　物分りの悪い馬鹿な上司を持った部下に同情するがな」

単なる脅しとは思えない言い方だった。

「部下には手を出すな」

「だから黒田さんよ、あんたは俺たちに命令できる立場じゃねえんだよ！」

男がそう言った瞬間、座っていた椅子の脚が蹴飛ばされ黒田は再び床に転がった。打ちつけた首に差し込むような痛みが走り、背中にべっとりと脂汗が浮かんだ。

「どうなんだ？　俺たちもガキの使いじゃねえんだ。少しはまともな返事ぐらいしろよ。警察相手に面倒なことは御免だ、だがな、俺たちも生きて行かなきゃならねえんだよ」

早口に捲し立てると男は立ち上がったようだった。

「責任転嫁か？　情けねぇな。私一人を殺《や》ったところで、何も変わらないことはお前たちにもすぐにわかるさ」

「そこまで言うなら、やってやろうじゃないか」黒田が座っていた椅子が運ばれていく。

腹部に革靴の先が深く食い込んだ。黒田は思わず獣のごとく低く唸った。

「舐めんじゃねえぞ！」

今度は容赦なく太股を蹴り上げられた。後ろ手に両手錠を掛けられた体勢では身体を丸めて耐えるしかない。それから二人の男は腹部や背中を執拗に蹴り飛ばしたが、顔面には攻撃を仕掛けてこなかった。殺すつもりはないらしい、そう思うのが精一杯だ。

頰を玉のような汗が流れた。自分の顔が鬱血しているのが分かったが、ただじっと時が過ぎるのを待つしかなかった。

「おい、その辺で止めろ」

正面の男の声がした。

「俺たちは平気なんだぜ。てめえひとり殺ろうが殺るまいが、別に痛くも痒くもねえんだよ」

「お前たちは拉致はプロでもネゴシエーションが甘いんだよ。おまけに、日本警察の捜査技術のレベルってものを、全く分かっちゃいない」

肩で荒い息をしながらも黒田は軽蔑したような言い方をした。

「なんだと？」

「私が官舎に戻っていないことは、すでにうちの部署は把握しているぜ」

「それがどうした」

「だから、お前たちは甘チャンだと言ってるんだよ。私がヒントを出してやったじゃないか。あなた方はヤクザもんですか、中国人ですかってね」

「……だから何なんだよ」

「警察はもうお前たちの絞り込みを始めてるってことさ」

黒田の言っていることが理解できないのか、男は押し黙っている。

「ここは大田区の六郷土手近くにある、何かのスタジオだろう？」

「な、なに？」男は素っ頓狂な声を上げた。

「楽器屋の跡地か何かじゃないのか？」

狼狽する様子が手に取るように分かり、思わず笑みがこぼれた。

「目隠しをされた私がわかるくらいだ。うちの連中はすでにこの周辺を固めているだろうな。私の鼓動が確認されているうちは踏み留まっているが、止まるようなことがあれば、即、機動隊一個中隊が突入してくるだろう。そうなったらお前たちは一瞬でおしまいだよ。偉そうなことばかり言っていられるのも今のうちだ。警察はお前らの動きを完璧に察知していることを忘れるな」

一気に立場が逆転していた。

「なんなら、誰か見張りに行かせてみたらどうだ？　私の言っていることが嘘じゃないことが分かるさ」

一人が部屋から走り出ると、しばらくの沈黙が訪れた。

「兄貴、囲まれてる……」黒田に拳銃を突きつけていた男の声だった。

「な、なぜだ？」

「それよりも、今からどうするつもりだ？　逃げるなら今のうちだぜ。きっとあと五分もすれば機動隊がフル装備で突入してくるぜ！」

黒田は床で身を丸めたまま叫んだ。

「うるせえ！　外の奴らは間違いなくおまわりなのか？」

「ああ。ヘルメットを被った連中が装甲車のような車で、各路地を封鎖している。その後ろに制服のおまわりがウヨウヨいやがる」

「おいお前ら……こいつの携帯電話はどうした？」

「どうって、知りません」「持たせたままですよ」

「馬鹿野郎！　それだ」

男は黒田の胸ポケットを探ると二台の携帯電話を取り出した。

「これがGPSになっているんだ。すぐに携帯をどこかへ移せ」

「電源を切れば……」

「もう囲まれてんだろうが。動かさなけりゃ意味がねえだろう。さっさと行け！」

様子を見に行った男が再び駈け出して行った。

「ふざけたことやりやがって……」

「私がやったわけじゃない。間抜けなお前たちが何もしなかっただけだろう」

黒田の言葉が終わらないうちに、背中側から腹部にかけて再び鋭い痛みが走り、体が引き裂かれたかに思えた。意識が遠のきそうになるのを全身に力を込めて何とか堪えた。

「裏から抜け出す準備をしろ」

男は残った配下に向かって怒鳴ると、黒田の頭の後ろにしゃがみ込んで耳元でドスを利かせた。

「いいか、黒田警視さんよ。今日のはほんの序の口だ。お前が捜査を止めねえというなら、まだ次の手があるんだからな」

捨て台詞とともに黒田の右太股に焼けるような痛みが走った。失神寸前なのか、何が起こったのかわからなかった。

「おい、行くぞ」

男たちは急いで部屋から出て行った。

周囲に人の気配が感じられなくなると、後ろ両手錠の手を臀部に回し、背中を更に丸めながらゆっくりと中抜けを試みた。手首に手錠が食い込むのを必死に我慢しながら臀部、太股に腕を回す。両足が抜けると黒田はアイマスクを外す。スーツの左内ポケットにある万年筆に似た形状の金属棒を取り出すと、手錠の中心部に当て右へ三度まわす。

そこへ対銃器の完全装備を着けた機動隊員が部屋に突入してきた。

「室長！大丈夫ですか！」

青い顔をした情報室の山添がすぐさま黒田を抱きかかえる。

「申し訳ない、油断した。刺されたかな」

全身が痺れ、右足から出血していた。

「すぐに一一九番要請してくれ！」

山添は大声で叫んだ。

＊

黒田にとって東京警察病院のある中野は懐かしい場所だ。かつてこの地には、警視庁警察学校があった。ここで黒田は警察官としての第一歩を踏み出したのだ。病室の窓から眼下に広がる公園の緑が美しい。昔ここは川路広場というコンクリート敷きのスペースで、毎朝毎晩生徒たちの点呼の声が響いていた。

公園を行き交う人々を見ながら、さまざまな記憶が呼び起こされた。

――点検教練はもう二度と御免だな。黒田は苦笑いをする。

うだるように暑い真夏の日中、完全装備でジュラルミンの大盾を持ち、心身が擦り切れるまで走った。途中で仲間が倒れると、抱き起こして伴走する。誰かが彼の盾も担いでやらなければならない。

「いち、いち、いちに。いち、いち、いちに。ちょう、ちょう、ちょう……」

無意識に黒田は掛け声を口ずさんでいた。「ちょう」は「歩調を合わせ」の略称だ。仲間全員の歩調が合わない限り授業は終わらない。

教練後、熱い麦茶と塩を出されるのだが、疲れ切った体はこれを受け付けなくて困ったものだ。

ここは大日本帝国陸軍中野学校の跡地でもある。厳しい歴史の延長線上に自分は立っているのだと、つらい訓練中も自らを戒めた。

卒業式を終え、最後の人員報告をした時は男泣きに暮れた。半年の間、耐えに耐えた仲間との別れの日である。この時ばかりは鬼のようだった教官、助教の目にも涙が浮かんだ。


負傷した黒田は一週間の入院加療が必要とのことだった。

すぐに脳神経外科・脳卒中センターの個室が用意された。見舞いは原則断らざるを得ない環境にあえて入れられた恰好だ。回診は、外科の医師が時間外に行ってくれるようである。入院について遥香に知らせることもできず胸が痛んだ。

黒田は管理官の山添にすべての決裁権限を託し、事後報告のみを求めた。しかし、山添は気を利かせ、あらゆる報告を警視庁WAN経由でメール送信してくる。おかげで黒田は持ち込んだパソコンを開けば、海外派遣チームの動きをリアルタイムで知ることができ、自分を襲撃した男たちの捜査状況も逐一チェックできるのだ。ありがたいことだ。

残された車の遺留指紋の分析が進んだ。襲撃犯は五人とも極盛会宝田組の二次団体、八木岡組組員である。

お忍びで見舞客の訪問があった。岡本副総監だった。

黒田はさっそく口火を切った。

「奴らも現場に放置した車から足がつくことぐらいは分かっているはずです。ですが、トカゲの尻尾切りでは全く意味がありません。庁舎管理室の坂下主任の取り調べをうちの山添と替えて下さい。雲林院を早急に押さえなければ、奴が消されてしまう可能性もあります。あと、中国人の動きも気になっているんです」

「これは警察に対する挑戦だ。それも二次団体程度の組織は殲滅《せんめつ》させるくらいの腹づもりでいなければ、こちらが舐められてしまう。組対にやらせるか」

副総監は言った。

「下手をすると刑事部と組対部を敵に回してしまうかもしれませんが、今回の事件は情報室だけで処理したいと思っています」

「ヤクザもんを相手にできるメンバーは揃っているのか？」

「今回は徹底したテキント（TECHINT：technical intelligence の略）で勝負をかけて

みたいと思っています」

「刑事部はともかく、組対部は面白くないだろうな。公安部にだって情報室に対してやっかみに似た批判を繰り返す奴がいるぐらいだ」

岡本は腕組みをして天井を向いた。

「彼らは情報室に良い人材を集め過ぎている、と言いたいのでしょうか。ある程度の人事権を与えていただき、感謝しております。私は確かに公安講習で好成績を上げた人材に声を掛けてきました。その優秀な彼らを、あらゆる分野に入り込ませて勉強させているんです。ヤクザもんの世界だって見せてきました」

「組対はうるさがったかな？」

「どうも、組対というのは排他的な傾向が強いんです。他部門からの情報を極度に嫌がるといいましょうか。実際、ヤクザもんと持ちつ持たれつの関係にある幹部や、暴力団の手足のように動いている所轄の捜査員もいます」

「それには、何か裏があるということか？」

岡本が訊くと、

「何ともいえませんが、それなりの事情があるのでしょう」

黒田はうんざりとした顔で岡本の顔をみつめた。

「まあ、黒ちゃん、襲撃の一報を受けたときは肝を潰したよ。入院中ぐらい少しパソコンに向き合う時間を減らして、治療に専念してくれたまえ」

「一理事官がご迷惑をおかけしました」深く頭を下げた。

＊

黒田が不在中、情報室の指揮を執るのは山添覚《さとる》である。山添は黒田のアクシデントについて室員に報告すると、手元のメモを読み上げた。

「……それだけではなく、艱難《かんなん》をも喜んでいる。なぜなら、艱難は忍耐を生み出し、忍耐は錬達を生み出し、錬達は希望を生み出すことを、知っているからである。そして、希望は失望に終ることはない……」

新約聖書「ローマ人への手紙」第五章の一節だった。山添は黒田の心情を代弁する言葉として室員に聞かせた。無神論者の黒田が好んだフレーズである。黒田は情報室から巣立っていく部下に対して、手書きでこの文章を送っていた。

小さなノートをめくりながら、山添は黒田から教えを受けた様々なことを反芻していた。たくさんのメモが書き込まれたノートは手垢で汚れている。山添はとりわけ黒田の言葉が好きだった。いつも心揺さぶられていた。

「ゲームのルールを知ることが大事だ。そしてルールを学んだあとは、誰よりも上手にプレーするだけだ」

これも黒田から紹介されたアルベルト・アインシュタインの言葉だ。あれは月に一度の全員教養の時間だっただろうか。これを情報室での業務すべてに置き換えて仕事を進めるように、と指導された。

より高いレベルでパフォーマンスを行おうとしても、基礎が出来上がっていなければ辿り着くことはできない。もし、目標のレベルに届かないとわかった時、もう一度ルールを一から見直すと思わぬ穴が見つかることがある。それを見つけた後は、自分との戦いである。

「私たちの生き方には二通りしかない。奇跡など全く起こらないかのように生きるか、全てが奇跡であるかのように生きるかである」

今、目の前にある事象が奇跡の賜物《たまもの》と信じれば、悩みも癒され、いちいち倦むこともなくなる。

部下の係長が山添に報告に来た。

「八木岡組の三人の所在が判明次第、逮捕状の請求を行います。また遺留車両の所有者についてガサ状を請求中です」

　ガサ状とは捜索差押許可状の隠語だ。所有者の住居、稼働先、立ち回り先、事件前後五時間以内の携帯電話記録、パソコン等でアクセスしたサイトなどを追及できるよう許可を求めていた。

「捜索範囲が無限に広がりそうですね」

「最初は広げるだけ広げて、後は取捨選択すればいいんだ。何でもいいから引っ張る口実を作るんだ」

「ハムみたいですね」係長は興奮して言った。「他にも別チームが、八木岡組の本体にガサをうち、上層幹部全員に対する逮捕状を請求しています」

「裁判所に対しては、行政に対する挑戦であることをアピールしておくことを忘れるな」

「宝田組の中で八木岡組に影響力がある者を分析中です」

「よし。それから、これだけ警察庁のデータベースにアクセスしていると、察庁からうちの組対に連絡が行くはずだ。もし、組対関係者から何らかの探り、もしくは苦情が届いたら全てメモしろ。野々辺企画課長を通して申し入れするつもりだ」

「企画課長でよろしいんですか？」

「ああ。野々辺さんは警視庁で一番忙しい課長だ。一般決裁だけでも一週間はかかると思え。組対部長は古賀総監、岡本副総監コンビが押さえてくれるそうだ」

それから間もなく、手配した三人の行方が判明した。全員が、犯行時に持っていた携帯電話で通話をしていたことで、居場所が割れた。まったく呆れる。

「やっぱり、二次団体ともなるとレベルが低いですね」

「通信傍受の許可状は取っているだろうな」山添は確認した。

「すでに執行済みで、傍受態勢に入っています」

「所在は確認できたか?」

「はい。運転手と思われる黒岩は行確に入っています。どのくらい泳がせますか?」

係長は指示を待つように山添を見た。

「今のうちに、より多くの連中と連絡を取ってくれれば面白いんだが、最低三日間の徹底行確を行おう。室長が目撃した二人はどうだ」

「實川と須永の二人ですが、二人ともヤサが近く、頻繁に接触しています。組事務所には顔を出していません。實川は女と一緒に、須永は昼は新宿のパチンコ、夜は歌舞伎町の奴らのシマで遊んでいます」

「危機感はないのかな?」

あまりに情けない連中だ。

「面が割れたとは思っていないのでしょう。ただ、二人が共通して頻繁に連絡を取っているのが相馬という、組の若頭補佐です」

「相馬の所在は？」

「間もなく解明する予定です。それから、奴らのボイスを入手しましたので、室長に確認していただきたいと思います」


遅い時間に帰宅した山添は、暗いリビングでひとりグラスを傾け始めた。

「室長も官舎の一人暮らしはお久しぶりですよね。お辛いんじゃないですか？」

黒田が襲撃された日、山添は帰宅しようとする黒田に向かって声を掛けていた。

「そうだね。周りの住民が全員警察官でしかも所属長級ばかりってのが嫌だね。しかも一人モンは僕だけらしくて、単身赴任の気楽さを感じることができないんだな。イマイチ楽しくないよね」

「生活が激変されて、疲れも溜まっていらっしゃると思います。今日はゆっくり休んで下さい」

山添は室員以上に動き回っている上司を気遣う言葉をかけた。

「ありがとう。金曜のこの時間に一人で官舎に帰るのは実にせつないよ」

黒田は笑顔で部屋を後にした。

謎の男たちに追尾されていることが分かって以来、黒田は官舎に帰宅すると必ず情報室へファックスを送信していた。しかしその日はなかなか連絡が来なかった。

「おい、念のため室長の居場所を見てくれ」

山添はデータ室の宿直員に声を掛けた。

黒田は万が一に備えて、Pフォンを常時身に付けていたのだった。

このPフォンの元祖ともいえる発信器が初めて警視庁警察官、それも地域課の係員に配られた時、黒田は山添に言ったものだった。

「なんとも嫌な時代になったたな。平成の初め、パトカーにカーロケーターが装備され、警視庁の全パトカーの現在地を明らかにできるようになった。そのうち全警察官の居場所まで分かるようになるのかな、なんて言って笑ったよ。それが現実のものとなってしまった。確かに機械的に管理はできるかも知れない。しかし、それでは本当の業務とは何かを見失うよ。決められた時間に決められた数をこなす巡回連絡なんて必要はないんだ。一軒だけでもいい。檀家と呼べる家を作って、そこで昼飯を食べて、周囲の情報を入手するような血の通った仕事こそ必要なのにね。そうしないと本当の情報なんて入ってきやしないよ。技術屋とキャリアの発想の貧しさを思うと情けないよ」

「しかし、それが時代というものなんでしょうか？」

その時、山添は半分諦めたような気持ちで聞いた。すると黒田はとんでもない、という顔をした。

「人の心に時代も何も関係ない。人は会って話をして、胸襟《きょうきん》を開いてこそ信頼関係ができるんだ。その基本を忘れちゃいけない」

この通信機はその後、画期的に変化した。現在警視庁が使用しているPフォンは、ある事件の際、警察無線が混線し、携帯電話に助けられたことを受けて近年広く導入されている。GPS機能による警察官の位置確認ができるだけではない。Pフォンでは、一一〇番通報を文字で確認でき、写真も一斉配信可能、五人が同時通話できることに加え、無線を使えない地下やビルでも問題なく使えた。

山添は警部補の時に情報室に入った。

初めて警察大学校で黒田の講義を聴いたときに、目から鱗が落ちるような感覚を覚えた。この人に付いて学びたいと思った。その後、情報室に異動になった時は歓喜した。

黒田は山添に対しては捜査テクニックより、人事管理と業務管理の手法を多く教えた。

「ゲームのルールを知ることが大事だ」黒田は口癖のように言った。

「捜査はゲームなのですか？」

「そう。法というルールをどう活かし、その中でゲームの展開を想像し、組み立てるか。『想像力は、知識よりも大切だ。知識には限界がある。想像力は、世界を包み込む』だよ。この言葉を実践の場にどう適応させるかが、捜査員の資質なんだよ」

山添は黒田からさまざまな言葉を授かった。

「係長はいろんなフレーズをよくご存知ですね」

「偉人に学べ、だ。僕にはまだ想像力も創造力も足りないから、受け売りで悪いけどね。ただ、いい言葉には様々な受け止め方がある。僕は僕なりの解釈をしているから、鵜呑《うの》みにせずに自分自身で噛み砕いた方がいいよ」

警部で二度目の情報室勤務となった山添は、黒田を目標に据えた。夢中になったのはイリーガルな捜査だ。そんな山添を見て、黒田は「もう少し巧くやれ」とだけ言った。

管理職試験に合格し、自信を付けて情報室に戻ると、黒田はさらに大きな人物とし

て存在感を増しているではないか。愕然とした。これではいつになっても追いつけない。小さくない落胆を感じていたとき、

「山さん。少しスローダウンした方がいいよ。管理官が部下の前でやり過ぎちゃいけない。それは警部までだよ。あとは内田と栗原に任せてやって、足りないところをフォローしてやって欲しいんだ」と明るい声でアドバイスされた。

「室長。私は自分の能力に限界を感じているんです」

「能力に限界なんてあるのか？　ちょっと目先を変えるとまた別のものが見えて来るよ。早く走りすぎるから視界が狭く感じるだけなんじゃないかな」

黒田は人懐っこい笑顔を見せてから、おもむろに真顔になった。

ふと手元を見るとグラスは空だ。

「結果的にPフォンが室長の命を救ったようなモノだ。皮肉な話だな」

山添が呟いた。黒田が受けた苦痛は自分の手で返してやる。

「絶対に許さない」

心の中で誓うと、グラスを流しでゆすいだ。

山添は庁舎管理室の坂下主任の取り調べを清水から引き継ぐように指示を受けた。

岡本副総監にも申し入れがあったという。坂下を完全に落とさない限り、先に進むことができないということだ。

武者震いをすると山添は肩をいからせて取調室に入った。

「坂下、今日からてめえの話を聞くのは俺だ！」

立会人から取調官に変わった山添の第一声だ。

「取調官を途中で替えるとは捜査を知らない人事課らしいな」

坂下はうそぶいたが、必死に強がっているのか表情が硬い。

取調官を山添に譲った監察係長は立会人の椅子に着いた。これまで温厚に見えた山添の豹変ぶりに驚いているのか、山添から目を離さない。

「一昨日の夜、てめえが情報を垂れ流していた、企画課の黒田理事官がヤクザもんに刺されて重傷を負った」

坂下の顔から血の気が引いた。

「ホシも割れて、お札《フダ》を取ったところだ。お前は共犯者の可能性がある」

「お札」とは主に逮捕状を指す隠語である。

「何言ってる。俺はそんなことは知らない。何も関係ない」

「それはいずれわかることだ。今日からは真面目に答えてもらおう。それから、一週間はここに泊まってもらうからな」山添はにべもなく言った。

「そんな権限があるのか？　弁護士を呼べよ」

薄笑いを浮かべた山添は顎を突き出す。

「何も知らないんだな。特別権力関係に基づく権限なんだよ。おっと、最近では、特殊な法律関係と言うんだったな。勉強もせずに退職までのうのうと過ごそうなんて思ってるから、公務員の基本を忘れちまうんだよ」

坂下は二の句が継げなかった。一気に勝負だ。山添はたたみかけた。

「てめえ勘違いすんな！　今のてめえには社会的人権も法的保護もないんだよ。刑事被疑者になるまではな、一切の拒否権はないと思ってろ！」

目を瞑ってまんじりとも動かない坂下を、山添は腕組みをしながら見つめた。ときおり坂下の喉仏が上下する。新しい取調官にどう対応すべきか迷っているのだろう。

「俺に何を喋らせたいんだ」数分の沈黙を破ったのは坂下だ。

「ちょっと待て。俺は総務部企画課警視の山添だ。てめえの身分は企画課の職員だ。俺に向かって、タメ口は許さん。『俺』もやめろ。いいな」

坂下は口をぽかんと開けた。「……はい、わかりました」

これが取り調べのコツだ。まず、相手に自分が置かれている立場をはっきりと理解させるのだ。

これまで取り調べをした大物たち——山添は、国会議員や一流企業の役員、高級官僚や有名芸能人などを何度も相手にしてきた。彼らは皆、被疑者という自らの立場を理解するまでに相当の時間がかかった。

取調官は一流の役者であれ、という。プロの俳優相手に警察官ふぜいが、と笑う者もあるだろう。だが、警察官の芝居は客に見せるものではない。取調室という狭い舞台で演技を競うのだ。警察官には証拠と法律という強い味方が付く。相手の心理を読みながら、机越しに対峙《たいじ》する快感を知った捜査官の顔は、まさに役者そのものだった。

「まず、てめえが雲林院から最初に金をもらった時のことを話してもらおうか！」

山添は巧妙に訊いた。坂下に自分が邪悪な道に入った瞬間を再び意識させようとしていた。

「私は……自分の子供たちが誇りでした。自分に似ず、賢い子供で医学部を受験したい、と言われました」

子供の顔を思い浮かべたのか、坂下は一瞬目じりを緩めた。そして頭を垂れ、言葉を噛み締めるように当時のことを語りだした。

「なるほど。それで雲林院への連絡はどうやったんだ？」

「黒田理事官は本部庁舎を離れるとき、必ずビジネスバッグを持っていました。理事官がバッグを持って部屋を出ると、すぐに雲林院先輩に電話を入れることになっていました。一階に降りてどちらの方向に行くかを確認し、また報告を入れました。黒田理事官は毎日違う方向へ出て行くので、確認が大変でした」

「てめえの役はそれだけか？」

「先輩からの依頼はその連絡だけでした」

その後の取り調べでも山添は高圧的な態度を変えなかった。

＊

デスクに戻った山添の元に部下が飛んできた。

八木岡組の電話を傍受していると、思わぬ言葉が聞こえてきたらしい。車両の運転手と思われる男が、「ブツ」を連発していたという。遺留車両の中に何らかの薬物が入っているのか——。

事件後、車両は江東区青海《あおみ》の倉庫に移されていた。山添は、車両内を厳重に調べるように指示を出すと、あわせてNシステム（自動車ナンバー自動読取装置）を洗った結果を報告するように言った。ヒットしていれば、車に乗ったメンバーの顔写真も割り出せる。

また、雲林院がさかんに電話を掛ける相手の名前が明らかになった。高倉という八木岡組の若頭補佐で、相馬の兄弟分のようだ。

証拠収集だけは一点の曇りもないように、と部下に命じると、山添はガラ取りのタイミングを考え始めた。

西日が射した路上はまだ暑いだろうか。迷いながらもジャケットを摑むと、高倉と相馬のボイスデータを持って山添は警察病院を訪れた。

「僕の背中に銃らしきものを突きつけた男は、この相馬だろう。そして高倉というのか、こいつだよ現場の主犯格は……」

黒田はイヤフォンに手を当てながら言った。

「了解。室長は座席後部にいた男の顔は見ていないんですよね」

「顔は分からないが、服装なら分かる」

「本当ですか。事件直後、奴らはNヒットしているんです。画像は明日には入手できると思います」

目を瞑ったまま黒田は頷く。

「なるほど、奴らの出撃拠点でもわかれば面白いな。ところで遺留車両の所有者は個人か？」

「いえ、八木岡組のフロント企業と思われる会社名義になっていました。中古楽器の輸入販売業とかで。奴らの業界にしては珍しいですよね」

それを聞いて黒田はパッと目を開いた。

「僕が暴行を受けた場所なんだけどね、年代もののギターのような匂いがしたんだ。造りも、防音壁のあるスタジオのようだったな」

今度は山添がハッとする番だった。

「確かに室長を確保したのはスタジオ跡でした。楽器……もしかして」

「そう、楽器に薬を隠して運んでいるんじゃないか？　高級な弦楽器は適度な湿気と温度管理も必要になってくる」

「実は、あの車両に何かブツが入っているようなんです。通信傍受から判明しました。現在、青海の倉庫で捜索準備中です」

黒田の顔が曇る。

「これから？　どうして押収時に捜索しなかったんだ」

「申し訳ありません。室長の拉致に関する手続きばかり考えて、他に頭が回りませんでした」

「相手はヤクザもんだ。今後、反社会勢力と対峙する時には、あらゆる法令を使いこなして徹底的に攻めるんだ。大切なのは複眼的な思考だよ」

青海の倉庫から山添に速報が入ったのはその日の晩だった。遺留車両の後部座席のシートの中から、ビニール袋に包まれた白い粉末が二十個発見された。一袋二〇〇グラムで計四キロある。試薬検査から覚醒剤に間違いなかった。

山添はすぐに黒田の携帯電話を鳴らした。

*

帰国後の栗原は、持ち帰ったデータの解析に明け暮れていた。

膨大な入手資料はすべて英文である。これらを翻訳ソフトを使って和文化すると、元の資料と照らし合わせて誤変換がないかチェックした。

「インターナショナル・トランスプラントにインターナショナル・リサーチ・アンド・アナリシス……まだまだあるぞ。なんだこの『国際的な』会社群は」

どうやら日本支社もあるらしい。

法務局のホームページから法人登記を検索すると数社がヒットした。オンラインで登記簿謄本を取り寄せ、設立時の状況を確認する。新規設立したものと、企業買収したものが半々である。

「すべて都内にある会社のようだ。法務局でこれらの会社に関するファイルを閲覧してきてくれ。特に買収前の会社実態を知りたいんだ」

栗原は都内五ヵ所の法務局に捜査員を飛ばすと、受話器に手を伸ばした。

「どうもお久しぶりです。今日はどちらをお調べしますか？」

応対に出たのは、ジャパン・データの法人担当部長だ。ジャパン・データといえば、我が国有数の信用調査会社である。国内百二十万社の企業プロフィールデータベースを保有し、その企業概要、業績データ、代表者履歴などから独自の評点を付けていた。

栗原は十二社の名前を挙げると、その実態についてできるだけ早く知らせて欲しいと告げた。

無表情に話を聞く法人担当部長の顔が見えるようだった。正規ルートで調査報告書を求めれば、一件につき十数万円は請求されるだろう。しかし栗原がそんな金を支払うはずもなかった。法人担当部長は栗原の協力者なのだ。

翌日、メールで調査報告書が送られてきた。十二社すべての備考欄には同じことが書かれている。

〈反社会勢力　極盛会と密接な関係にある企業〉

「宝田はあの病院で何をやっていたんだ？　警察庁はこれらの会社についてどれだけ把握しているのだろう」

栗原は警察庁のデータベースにアクセスし、会社名で検索をかけた。

警察庁の情報管理システムはアクセス記録を取っている。どこの都道府県警のどの部署からアクセスしたのかが、リアルタイムでわかるのだ。毎週月曜日には、アクセス部署が一覧表となって出てきた。

「警視庁総務部の端末から、極盛会に関するデータ確認が十二件あり、ってか」

パソコンを叩きながら栗原は陽気に言った。

来週には警察庁の組織犯罪対策部から、警視庁組対部の組対総務課庶務係に連絡が行くだろう。

だが、どうも黒田の場合だけは違うらしい。黒田は警察庁組対部の職員と協力関係を築いており、照会内容を第三者に漏らさないようにしているという。

「僕も室長のようになりたいよ。おい、それはいつなんだ！」一人栗原はおどけた。

＊

「山添管理官。予想通り、極盛会は臓器密売に深く関与しています」

寝不足なのだろうか、栗原の顔は表情こそ明るいがどこか青白い。山添は労いの言葉をかけると資料に手を伸ばした。

「インターナショナル・トランスプラント……なんだこの会社は」

「はい。アメリカ西海岸における移植用臓器を取り扱っている会社です。いわゆるブローカーですね。役員の半数は、極盛会のアメリカ支部ともいえるフロント企業の幹部たちです。この会社の役員はここ半年で総替えされたようです」

トランスプラントとは露骨な社名を付けたものだ。山添は苦笑した。

「幹部というのは、このマーカーが引かれた連中か？」

「全員、この半年のうちに極盛会宝田組から出向させられた様子です」

ヤクザもんが堂々とアメリカに渡り企業に入り込んでしまったとは。

「ＦＢＩやＣＩＡは奴らの動向を把握できなかったのか？」

「おそらく、奴らはいずれも日本から第三国を経由してアメリカに入ったのでしょう。入国を確認できなかったのだと思います」

「栗原係長はどうやって極盛会のメンバーを割り付けたんだい」

「割り付け」とは犯人や容疑者を特定することだ。よくぞ聞いてくれたとばかりに栗原は胸を張って答えた。

「はい。私は以前、捜査の過程で兵庫県警に潜入したことがありまして、その時に県警のコンピューターシステムに外部から入り込めるよう、秘匿で窓口を作ってしまいました。極盛会の本拠地は兵庫です。運良く、その窓口が使えました」

山添にはない発想だった。

「ハッカーみたいだね」

「ハッカーというと国家や企業の敵のように思われますが、元々は、正しい情報を入手するために、国家や組織のシステムに入り込んだ人たちを指す言葉だったようです」

「するとハッカーは、クラッカーと呼ばれるコンピューターを使用して悪事を働くものたちとは違うんだな」

「ただ、アクセス権限というプロテクトを誤魔化して、マザーコンピューターに侵入することは決して誉められたものではありません。そこは分かっているつもりです」

栗原は頭を掻いた。

「その秘密の窓口だが、黒田室長はご存じなんだな？」

「入り口を作っておけ、と遠回しに指示は受けておりました」

山添は唸るしかなかった。

「他県警のシステムに関しても、やっているのか？」

「はい。今後、指定暴力団の活動が活発になると思われる、北海道、静岡、愛知、京都、大阪、広島、福岡、沖縄のメインコンピューターに入り込めます」

山添は楽しそうに話し続ける部下の顔を穴が開くほど眺めた。

「室長は常々、情報室を世界有数のハッカー集団に育てる、なんておっしゃいますよ。世界のどんな情報機関にも負けない情報処理能力を身につけて欲しい、と。他と比較したら小規模かつ予算もゼロに近いけどね、と笑いながら」

栗原が屈託のない笑顔をみせて言った。

「そんな組織になれば、めちゃくちゃ格好いいですよね！」

ふと、山添にはその笑顔が黒田の顔と重なって見えた。

「栗ちゃんは室長の分身みたいだって言われているからね」

「とんでもありません！」

　頰を赤らめた栗原は、大きく咳払いをして資料の続きを差し示す。

「脱線して失礼しました。ええと、インターナショナル・トランスプラントの輸入元は、フィリピンが多いようです。大手の国際貨物輸送会社を使って臓器を運んでいますね。緊急手術の場合は、なんとフィリピン政府の公用旅券を所持した者が、手荷物として持ち込んでいます。ロサンゼルスの空港を使うことがほとんどです」

深く頷くと、山添は尋ねた。

「極盛会のフィリピンルートか。そういえば奴らは長年、そのルートで拳銃を入手していたよな。しかし、フィリピンだけでそんなに臓器を調達できるものかな」

栗原はにやりと笑った。

「中国ですよ。アモイから来ているようです」

山添は溜め息まじりだ。

「臓器の三角貿易か……」

「アモイは蛇頭の本拠地だったところです。彼らは極盛会と深い関係にあったチャイニーズマフィアですよね」

急に黒田の言葉が蘇った。

「そう言えば、室長は福建省を相当気にしていたよな」

中華人民共和国（中国）と中華民国（台湾）の通商、通航、通郵を示す「三通」の窓口は、福建省のアモイ沖にある。アモイ湾口を望む金門島は、現在もなお中華民国が実効支配している。アモイと金門島は限定的ではあるが、直接交流が認められていたため、中華民国とアモイの交流は深い。

アモイは中国五大経済特区の一つで、華僑の故郷の街としても知られており、現在も東南アジア各国との交流が盛んだ。タイ、シンガポール、フィリピンが領事館を置いていた。

「アモイはフィリピンとも近いのですね」

「中国系フィリピン人のほとんどが福建省出身だと室長が言っていた」

山添は情報室の中国捜査チームのことを思った。もうすぐ台湾経由で中国に入るところだろう。

「旅する臓器という感じですね。中国のアモイ発、フィリピンのダバオ経由でアメリカ行きだ」

笑えない話だった。栗原は腕組みをして目を瞑り、顎を少し上げた。

「そのポーズは室長そっくりだな」

山添は微笑んだ。

# 第五章　深部

中国捜査チームはマニラから台湾に入った。係長松原俊哉が率いる八人の精鋭部隊である。

黒田からの紹介状を手に、松原は三人の仲間を連れてある法律事務所を訪れた。台北市仁愛路にある、台湾屈指の法律事務所と聞いていた。事務所長は最高法院副院長を務めた台湾法曹界の重鎮だ。

「洪堯徳《ホンヤオディ》先生はご在席でしょうか？　私は日本から参りました松原と申します」

二十五階建てビルのワンフロアがすべてオフィスだった。豪華な造りの受付で紹介状を見せる。

まもなく奥の部屋からがっしりした体軀の男性が現れた。三十代後半だろうか、まだ若々しい。

「黒田先生からお話を伺っております。こちらへどうぞ」

洪は細い目を更に細めた。滑らかな日本語である。

受付の女性が出てきて、IDカードで擦りガラスのドアを開けた。長い廊下の左右に十室以上の部屋が並んでいる。奥の一室に通されると、大きな革張りの椅子に座るよう促された。

洪はテーブルに用意してあった資料を確かめるようにしながら、おもむろに切り出した。

「これが中国との貿易資料です。医療機器関係のものですね。台湾からアモイに送られているものをピックアップしました」

手渡された封筒の中身を確認しながら、松原は訊いた。

「中国における臓器売買の実態はどうなっているのですか?」

さっそく松原が本題に入ると、洪は複雑な笑みを浮かべた。

「まず中国では、死刑囚からの臓器の摘出とその運用について、国家規定で定めています」

いきなり生臭い話になりそうだった。

「死刑囚の臓器ですか……。国家規定というのは法律とは異なるのですか?」

「罪を犯したことに対するせめてもの罪滅ぼし、という儒教的な発想が根底にあるのですよ。国家規定ですが、正確な名称は『死刑囚の屍体あるいは屍体臓器の利用に関する暫定的規定』というものです。一九八四年に定められたこの規定に則って、死刑囚からの臓器移植が行われています」

松原は唾をごくりと飲み込んだ。「その規定について少しご説明をお願いします」

「死刑執行命令が下達した後、利用できる屍体が出たら、人民法院はあらかじめ市、あるいは地区の衛生局に通知しなければなりません。衛生局はこれを利用単位に伝え、屍体利用の証明書を発行します。衛生局はまた、証明書の副本を死刑執行の責任を負う人民法院と、現場で監督する人民検察院に送らなければなりません」

法律の専門家である洪は、淀みなく早口で答えた。

「その、利用単位というのは何を指すのですか」

「まあ一言で言えば、手術をする病院ということですね」

「中国の死刑執行はどの位の数なんですか？」

松原の隣に座っていた捜査員が口を開くと、洪は手元のペーパーをめくった。

「それは未だ公表されていませんが……ええと、多い年では三ヵ月間で二九六〇人に死刑判決が下され、一七八一人に対し死刑が執行されたと、広報されていますね」

「一ヵ月で五〇〇人以上が処刑されているのですか」

捜査員と松原は互いに顔を見合わせた。驚愕の数字である。

唖然とする日本人をよそに洪は話を続けた。

「みなさん、驚くのは早いですよ。死刑執行判決の裏に臓器移植ありき、とまで噂されている裁判所すらあります。月別の死刑執行数を見ると、明らかに片寄りがある。移植患者にとって都合が良い、例えば、休みが取れる旧正月などの時期に豊富に臓器が揃えば助かるわけですよね」

松原は総毛立つ思いで恐る恐る尋ねた。

「中国では臓器移植のために処刑が行われていると？　信じられない！」

「移植病院が多い地区周辺ではそうなるでしょうね」

洪はぴくりとも表情を変えない。しばし沈黙が部屋を支配した。

「臓器移植に、不正な金銭の受け渡しが絡んでいるのでしょうね」

笑顔を見せた洪が、突如、不気味な存在に感じられた。

「ははは、当然です。手術料金は自由診療ですから、医者は手術をすればするほど稼ぐことができます。ならばできるだけ多くの臓器が欲しいですよね？　だから裁判所関係者に対してバックマージンを渡す者が現れるんです。臓器提供の数に応じて、弾むよってね」

「中国国内の需要と供給のバランスはどうなっているのですか?」

別の捜査員が不思議そうな顔で訊く。

「中国は近年、人体臓器の売買を禁止し、その後全国規模のドナー制度を開始しました。ですが、臓器移植の需要に供給が全く追いついていません。移植用の臓器は足りていないのです。広大な国土のわりには、中国は決して資源が豊かではありません。そんな中国が唯一豊富に持っているのが、人間という名の資源なのです。豊富すぎるあまり、売買春や人身売買というビジネスが生まれてしまった、と」

洪の目には何とも言えない憂いが浮かんでいる。

「NGOのレポートによると、成人女性の取引価格が八〇〇〇元から三万元だと言います。一〇万円弱から三五万円ぐらいですね。一人っ子政策で重要な跡取りとなる、男の赤ちゃんはもう少し高値でしょうか。一方で売買春は、五〇〇〇元から数千元が相場となっています」

松原はメモを取りながら呟いた。「ビジネスですか……」

「そして今、流行りの商売となっているのが臓器売買です。巨額の利益を生み出しますからね。例えば健康な肝臓ならば、一五万元で取引されるでしょう。一八〇万円です。桁違いの金が入り込むわけです」

「一人の遺体から取り出される臓器は、腎臓や肝臓だけじゃありませんからね」

若い捜査員は冷静に言った。

「そのとおりです。ですから、死刑囚の遺体は金の山、宝の山なのです。これを中国国内だけで運用するのはもったいない。なにせ海外、特にアメリカなどに送れば、その価格は軽く二、三倍に跳ね上がるのですから！　当然、そこにはブローカーが介入しますが、それでも手にする金額は莫大です」

松原の顔から血の気が引いて行く。

洪は、先日の中国国際放送のニュースをお見せしましょう、と言うとプリントアウトされた記事を示した。

そこには〈組織的に臓器売買を行ったとして、犯罪集団のメンバーを起訴〉と見出しが躍っていた。臓器を摘出するための「地下病院」まで設置していたその犯罪集団は、実に一〇〇〇万元以上の利益を上げていたという。

「これが中国の臓器移植の実態なのですね」

「さらに中国衛生省は、『中国では臓器移植のドナー不足のために、死刑囚が臓器の主要な供給源となる状況が続いている』と正式にコメントしています」

「すると、さきほどの地下病院は、ほんの氷山の一角ですね」

「そう思いますよ。富裕層の集まる北京、上海、広州では特に大きな需要があるでしょう」

「臓器受け入れの実態を探るには、どこが一番よろしいでしょうか？」

「アモイですね」

小さく何度も頷くと、洪はわずかに笑ったように見えた。


二日後、八人の中国捜査メンバーは台北市内の松山《ソンシャン》空港からアモイに飛んだ。

アモイは風光明媚な街である。丘の上から見下ろすコロンス島は実に美しい。

このアモイにはかつてイギリス租界が置かれ、その後複数の国による共同租界が設置されていた。欧米諸国や日本は領事館や学校、教会などを構え、進出した商社は次々と商館を建てた。今でもアモイには、租界地特有の豪華な洋風建築が残っている。

なだらかな坂道を歩いていると、どこからかピアノの音色が聞こえてきた。もう上海では見ることもできない光景が、街の随所で息づいている。

アモイでは洪弁護士から紹介された医師の全点国《クアンテイエングオ》と、医療機器の販売会社代表の馬徐州《マアウーゾウ》が出迎えてくれた。

海上の花園とも呼ばれる廈門大学のキャンパスに隣接した小高い丘に、全の病院はあった。大学構内にある広大な公園は海に面している。

「大学の一等地にあるのが医学院で、私の母校です」

四階にある院長室のバルコニーへ案内されると、全はそこから大学の方を指差した。

「この大学、元々は華僑が寄付したものでして」

全の穏やかな顔つきには華僑である自分を誇りに思う気持ちが滲み出ていた。その表情を崩すことなく、世間話でもするかのように全は言った。

「死刑囚の臓器は日常的に売り買いされていますね。ほとんどが中国国内で消費されますが、特別なルートを持っている者は、海外に横流しするんです。大変な金になりますから」

松原は黙って頷き、先を促した。

「移植用の臓器はバラバラで運ばれるわけではありません。一つの遺体から一気に取りだします。まあ、パスタ専門店と同じですよ。茹で上がった大量のパスタを、たくさんのコックが競い合いながら自分のフライパンに入れるようなものですね」

「もの凄いたとえですね」

全は、思わず眉を顰めた松原を見ると嬉しそうに呵々と笑った。

「臓器も鮮度が大事ですからね！」

「すると遺体はどうなるのですか？」

「骨、血管、筋、臓器に分けられます。胃や腸、筋肉は捨てられていますね」

「えっ、捨ててしまうんですか？」

全は不思議そうな顔で頷いた。捜査員は顔を見合わせる。火葬などにはしないのだろうか。

「死刑囚の遺族からの要望があれば、不要な骨を火葬して箱に入れて渡します。でも受け取りに来る遺族なんて、ほとんどいませんよ。特別な宗教を信仰している者は別でしょうが」

「なるほど。全さん、貴国内で利用される分はともかく、海外に流出する臓器についてお伺いしたいのです。やはりフィリピンへ流れるケースが一番多いのでしょうか」

「特に腎臓、肝臓はそうですね」

「外に流すとなると、ブローカーが入りますよね。そのような組織をどうやって調べればよいのでしょう？」

松原の額にはじんわりと汗が浮かぶ。無意識に奥歯に力が入っていた。

「そうね、私が知っている範囲では、中国には十のブローカー集団がいますね」

全は少し身を前に乗り出した。

「それは国が認めているのですか？」

「いいえ。ですが、そこは暗黙の了解というやつです。いわゆる海外の要人との裏バーター取引になるのでしょう。臓器を売ることと、命を買うことが釣り合っているわけです。これを国家が完全に禁止してしまったら、臓器というタダで手に入る宝を活かしようがない」

室長が中国大使館の関係者に追われていたことを松原は思い出した。

「ところで、そのブローカーとコンタクトを取るにはどうしたらいいのでしょうか？」

全の瞳が冷酷に揺れたような気がした。

「金ですね。身体の安全を保証して、金を渡すことです。一歩間違えば、ブローカーの身体もすぐに臓器売買の対象になってしまいますからね。ミイラ取りじゃありませんが。はっはっはっ！」

それは我が身についても同じだろう。松原の背中に冷たい汗が流れた。

「身体の安全は保証しますし、金も存分に渡しましょう。コンタクトの取り方を教えて下さい」

　すると医療機器会社社長の馬がようやく口を開いた。

「私の会社の北京支店を訪ねなさい。そこでこのメモを見せるんです。洪先生からのご紹介ですから、私にとってもあなた方は大事なお客様です」

　そう言って馬は松原に紙切れを手渡すと、その手を鷹揚に広げた。

　翌朝、中国捜査チームは北京へ飛び立って行った。


　北京首都国際空港を出ると、捜査員の関本が口をへの字に曲げた。

「これは黄砂の影響ですか」

　松原は瞬きを繰り返しながら霞んだ空を仰ぐ。

「いや、今は黄砂の時期じゃない。おそらく汚染物質だろう。北京スタイルで熱烈歓迎ってとこだな」

　中国内陸部にある重工業地帯は、今日も化学物質を空気中に放出していることだろう。北京市内を漂う汚染された空気は、車の排気ガスや、ゴミ焼却による粉塵と化学反応を繰り返しながら、東シナ海を越えて九州北部へと流れていく。

　北京は首都だけあって「公安」と呼ばれる警察の監視も厳しい。至るところに監視カメラが設置され、日本資本のホテル以外の電話は全て盗聴されていると考えた方がよかった。日本資本とは言っても従業員の九割は中国人である。油断は禁物だ。また、いくら資本投下していても、国の事情という理由でいつ強制撤収が命じられるか分からなかった。

松原たちはホテルにチェックインした。

部屋に入ると、まず盗聴器の有無を確認しなければならない。日本を含む資本主義国家では、盗聴器に使用される周波数はほぼ共通していた。ところが中国では、独自のデジタル波が使われている可能性が高かった。

捜査員はアタッシュケースを開いた。ハンディー式電波探知機をはるかに上回る性能を備えた機材だ。

それから三台の盗聴器を発見し、室内のチェックを終えたのは一時間後である。その間、捜査員たちは他愛無い雑談を続けなければならない。これが案外苦痛だった。

受付で馬徐州に渡されたメモを見せると、松原たちは近くの喫茶店で待つよう指示された。

三十分ほど経ったころだろうか、情報提供者となるブローカーの男の姿が見えた。

太った身体を揺すりながら汗をぬぐって席に着く。

「まず金の相談ですね。一時間一万元。それなら話します」

男は露骨に金を要求した。北京の労働者の平均月収が五〇〇〇元である。あまりの金額に松原が怒りをあらわにすると、男は何やら訛りの強い中国語を喋りながら首を横に振った。五〇〇〇元で手を打つという。

「先払いお願いしますね」

渋々それに応じると、「あと一〇〇〇元払えば全部話す」と上目遣いで催促する。

咄嗟に黒田の忠告が松原の頭をよぎった。

「悪い中国人の前で現金を見せてはいけないよ。奴らは少しでも多く巻き上げようと必死だ。マッサージの女だって同じだ。昔、僕の上司が教えてくれたよ。女の前で札束を見せると、二〇〇〇元で済むところが三〇〇〇元要求され、途中でさらに二〇〇〇元要求されるというんだ。要は『上手かったら後でチップを弾むよ』とか『また呼んでやる』と言って五〇〇元渡してやればいいってことだ」

ブローカーの男に足元を見られて、つい金を積んでしまった。われながら日本人らしい、と松原は苦々しい思いで奥歯を嚙んだ。

すぐに男は早口で話し始めた。

「俺たちブローカーが臓器を空輸するには、中国とフィリピンの空港関係者に賄賂を渡さなければならない。中国衛生省の役人は、刑務所と病院とブローカーの三ヵ所から賄賂を受け取っている。病院からもらった賄賂は上の役人に渡さなければならないので、奴らはブローカーから巻き上げることに専念する。だから、病院に臓器を裏に回すよう斡旋するんだ。司法機関に関わる医師もすごいぞ。遺体を見ながら算盤をはじく。中国の役人は公安や裁判所、刑務所だって金次第だからな。フレッシュな臓器が欲しけりゃ、まず彼らに金を摑ませることだ」

貴重な情報だった。松原は尋ねた。

「役人と裏社会が、当たり前のように繫がっているんだな」

「こっちの社会は裏も表も、役人や役人OBが仕切っているんだよ。やつらが、ごっそり金を持っていくシステムが出来上がっている。今や中国人は、共産党よりも金に頭を下げる存在だ。共産党員ではない一般の国民は、北京でも新疆《しんきょう》ウイグルでも似たような生活を送っているんだ。かえって田舎暮らしの方が平和でいいのかも知れないな」

情報提供者は自己の立場を正当化したいと思ったのか、質問を無視して役人と共産党の批判を始めた。

それを制するように、同行した捜査員が厳しい口調で語りかける。

「あなたの国は今、重大な過渡期にあると思う。世界中で多くの社会主義国家が誕生したが、ほとんどが消滅してしまった。最大勢力を誇っていたソ連でさえ。その中で奇跡的に繁栄をしているのが貴国だが、もはや共産主義国家としての体をなしていない。逆に帝国主義の道に後戻りしているんじゃないか」

素直に情報提供者は頷いた。

「中国人は決して馬鹿じゃない。しかし、共産党という悪魔が支配している限り、優れた常識人は放逐され、抹殺されていくんだ」

「わかった。それ以上は口にするな。どこで誰が聞いているのかわからないからな」

「これが今の中国なんだ」

男は北京市内の十三の医療機関名と臓器の名称が入ったリストを出した。

「ここで臓器移植が行われている」

松原はリストを覗き込み唸った。臓器移植の中で最も需要の多い腎臓移植だけでなく、肝臓移植も頻繁に行われている。驚くべきことだった。

松原チームは、最後に広州に向かった。

「これほど高い所にある観覧車は見たことがありません。なんでも中国はスケールが大きいですね」

関本はあんぐり口を開けた。

「ああ、地上四五〇メートルだからな」

「スモッグさえなければ、この上の展望台からは香港が見えるでしょうか」

「食は広州にあり」というとおり、広州は広東料理の本拠地でもある。残念ながら捜査員たちがこれを楽しむ時間はなかった。

市街地の雑踏を掻き分けながら、関本は渋い声を出した。

「松原係長、やっぱり広東語は難しいです。僕は北京語専攻でしたから、今ちゃんと理解できているか不安ですよ」

「今さら何を言ってるんだよ、関本。そう暗い顔をするな」

無類の鉄道好きの松原は、広州東駅から香港、深圳《シンセン》方面に行く近距離国鉄や、広州市内に張り巡らされた地下鉄、新交通システムを乗り継ぐことに言い表せない喜びを感じていた。関本は上機嫌の松原を怪訝そうな顔で見た。

「しかし、係長はよく地理がわかりますね。広州は初めてですよね？」

「路線図がもう頭の中に入ったからな、何となく大阪の地下鉄網に似ているような気がするよ。トロリーバスもなかなかおつなものだ」

松原は「どんな仕事にも楽しみを見つけ出せ」という黒田の言葉を思い返した。

在広州日本総領事館には松原の後輩の萩原《はぎわら》が二等書記官として駐在していた。領事館は、松原たちが宿泊した花園酒店《ガーデンホテル》内にあった。

「萩原、今回の訪中は秘匿なんだ」

ホテルのロビーで久しぶりの再会となった。

「そうですか。突然先輩からご連絡をいただき、聞けば花園に泊まっているとおっしゃる。驚きましたよ。松原さんは、いま総務部企画課ですよね？」

萩原は薫り高い白牡丹《パイムータン》をすすった。広州は中国茶葉の生産地としても有名である。

「企画課といっても規格外の課だよ」

松原は笑った。

「外二が何かしでかしたのでしょうか」

萩原は声のトーンを落とした。

「外二は関係ないよ。実はうちの課内のチームで独自に中国の臓器売買ビジネスを追っているんだ」

それを聞いた萩原は別段驚く様子も見せなかった。感想も口にせず、黙って頷いている。

「萩原、お前、何か知っているのか？」

「先輩。臓器売買というのはこちら中国では普通のビジネスと同じような感覚で行われているんですよ。知っているといえば、在日本中国大使館公使である参事官が、臓器ブローカーの元締めをやっていることはご存知ですか？」

松原は椅子から飛び上がらんばかりに驚いた。


萩原と別れると、松原は臓器移植データ管理センターの元職員に会うため、強い日差しが照りつける午後の市街地に繰り出していった。男は情報提供者である。追尾されていないか、点検活動を慎重に行った。

南方系の彫りの深い顔をした男は、奥まった目をぎょろぎょろ動かしながら喋った。

「中国には五つの臓器管理センターがあります。肝臓は香港、腎臓は北京、心臓は上海というように臓器ごとに管理センターが異なるんです。闇に流れる臓器は、各センターに振り分けられる前の臓器検査の際に、横流しされますね」

「なるほど」

「臓器管理センターのコンピューターに登録する者が闇の連中と繋がっていれば、数字を操作することなど簡単ですから」

情報提供者は薄気味悪い笑みを浮かべた。

「臓器ブローカーになるのはどういう連中が多いのですか？」

「病院の管理職員と密接な関係にある者や、司法当局で悪さをしている連中です。奴らの背後には大きな犯罪組織も含まれています」

「アモイには三合会《サンホーフイ》という組織があります。これはアモイを拠点とするいくつかの犯罪組織を総称する呼び名と思って下さい。その中で有名なのが一四K《サップセーケー》、潮幇《チヤオパン》、和字頭《ホーツートン》などです」

「彼らは海外にもルートを持っているのですか？」

「聞いたところによると、フィリピンなどのアジア圏に加え、欧州、北米、オセアニア等の華人社会にも繋がっているそうです」

「すると、臓器売買も彼らが行っているのでしょうか？」

「いえ、海外への売買と輸送は、海外のブローカーが行っているそうです」

「海外のブローカーですか？」

「最近増えているのが、イスラエル人のブローカーです。彼らはいつも大量の札束を抱えて、現金で買っていくので、商売敵のフィリピン人のブローカーは彼らのことを、ユダヤの死の商人と呼んで陰口を叩いています」

イスラエルまで絡んでいるとは、途方もない話だ。

「フィリピンの受け入れ先はどんな形でしょう」

「アモイではメイドを雇用する家庭が多く、その働き手として十五万人以上のフィリピン人がアモイに住んでいると言われています。彼らは裕福な家に入り込んで様々な情報をフィリピンの闇ルートに流しています。メイドが年に何度か帰省する度に、厳重に包装された冷凍パックを手荷物にしているという噂もあります」

情報提供者は引き攣った声で笑った。

「十五万人ですか……彼らが一つずつ臓器を持ち出したと仮定すると、恐ろしい数ですね」

松原はその光景を想像して寒気を覚えた。

「中国とフィリピンの税関こそ、世界で最も賄賂に弱いと言われているじゃないですか」

そう言うと、男は咽喉《のど》を上下させながら再び声を上げて笑った。

＊

一週間の入院後、黒田は少し足を引きずるようにして退院した。

さっそく帰庁報告に上がらなければならない。すぐに岡本副総監の部屋を訪ねた。

「この度はご迷惑をおかけいたしました。本日から復帰いたします」

久しぶりに身が引き締まる思いがした。

「不幸中の幸いというべきだろう。筋が切れていなくてよかった」

岡本は目を細めて、うんうんと頷いた。

「はい、ナイフが筋肉の繊維に沿って入ったのが幸いしました」

「ところで、ガラはいつ取るんだ？」

同席していた総務部長の下野が尋ねた。

「アメリカ、中国派遣チームの帰国と、その報告を待って一斉に動く予定です」

ガラ取りのタイミングについては部下の山添と確認済みだった。

「しかし、病院の中でも仕事ばかりやっていたようだな」

呆れ顔で岡本は言った。入院中も、黒田はリアルタイムで情報室の捜査状況報告を上げていたのだ。

「消灯時間は守っておりましたし、アルコールも完全に抜いておりました。気力体力とも充実しております」

「黒ちゃんも、いい組織を作り上げたものだな」

「ありがとうございます。そろそろ引き継ぎの準備もしなければ、と思っていたところです。私のアクシデントも、その良い機会になったかと思っております」

岡本も同じことを考えているように見えた。

「ところで、捜査対象ははっきりしてきたかな？」

下野が訊いた。

「まず、宝田宗則を中心とした極盛会のメンバーが、臓器売買に関わっているのはほぼ間違いないかと。臓器売買には、もしかすると日本の政治家や、在日中国大使館の連中まで関わっている可能性もあります。それに加えて、極盛会は病院を舞台にインサイダー取引を行っているかもしれないのです」

黒田は頭の中に悪の相関図を描き出していた。

「なるほど。野々辺企画課長の話では覚醒剤も出てきているようじゃないか？」

「その件は組対五課に回す予定です。ただし、私が被害者になっている案件を終わらせてしまわないことには、私自身が参考人供述調書を取られ兼ねません」

眉を下げた黒田の表情を見て岡本が笑った。

「そうなったら、捜査上の余計なことまで話さなくてはならないからな」

「はい。押収物の引き継ぎだけで終わらせたいと思います」

組対から面倒な質問を受けたくはない。

「ところでその、臓器売買と政治家の関係だ。民政党の田村久之元幹事長だったな」

岡本は目を光らせた。

「彼は前々から何かと問題が多い代議士です。田村の名前がこんな所から出てくるとは思っておりませんでした。田村は自分の執刀医である宇田川彰三を介して、宝田と繋がっている可能性もあります。もしかすると政治資金規正法違反、贈収賄事件に発展するかもしれません」

「贈収賄……か。捜二事件だな」

下野は呻く。

「本件も嫌疑が固まった段階で二課に回そうと思っています」

彰三の父・宗一郎が、田村の金づるかもしれなかった。宇田川宗一郎は、バブル期に極盛会と組んで地上げをし、莫大な富を築いた過去がある。不動産バブルが終わると、宇田川は渡米して、今度は極盛会のアメリカ進出を手伝ったのではないか。

黒田はシミュレートした通りに語った。

「田村久之元幹事長の贈収賄となると、受託収賄になるのだな」

受託収賄とは、公務員が何らかの依頼を受け、その見返りとして賄賂を受け取ることである。実際に賄賂を受け取らなくても、賄賂を要求したり、もらう約束をしていれば受託収賄罪は成立する。政治家が、その地位を濫用して行う典型的な汚職だ。国家的法益に対する重大な犯罪の一つである。国会議員や地方議員が、企業から安易に選挙資金を得、その対価として企業を特別優遇するという利権構造が汚職を多発させていた。

「選挙違反と『さんずい』が二課の本来業務だからな、早い時点で組み込んだ方がいいかも知れないな」

「さんずい」とは汚職の「汚」の文字から来た隠語だ。政治家の汚職は、捜査第二課が扱う知能犯事件の中でも花形的なものである。

「はい。二課の面子《メンツ》も立てなければなりません」

黒田は背筋を伸ばすと、一礼をして部屋を後にした。

帰国した内田を早速デスクに呼んだ。

内田はどこか疲れた顔で現れると、軽く頭を下げた。海の向こうで心身ともにすり減らして来たのだ。無理もないだろう。

「室長。思ったよりも複雑な様相を呈していました」

「お疲れさん！　ははは、ずいぶん回りくどい表現だな。どうした」

その硬い第一声がおかしく、黒田は笑ったが内田はにこりともしない。

「ピッツバーグは百聞は一見にしかずと言いますか、何やらすごいところです。まさに世界の臓器移植の本丸ですね。さまざまな場所から臓器が掻き集められています」

「当然、国内調達だけでは間に合わないよな？」

「はい。ニューヨークの葬儀屋から、ニュージャージーのユダヤ人グループまで、ありとあらゆる人間が臓器を持ち込んでいるようです」

黒田がピクリと反応した。

「ニュージャージー？　初耳だな」

「はい、最近ニュージャージーで市長以下数十人が政治資金の問題で逮捕された事件がありましたよね。その資金提供者の中に、臓器売買グループが存在していたんです」

「その臓器は、どの部位でどこから仕入れてきたものだったんだ？」

「はい、部位は肝臓と腎臓です。ＦＢＩの事件担当捜査官は中国だろうと言っていました」

「理由は？」

「臓器をパッキングしたビニール素材が中国製だというのです。フィリピン国内では使用しないものだそうです」

「なるほど」黒田は立ち上がって腕組みをした。「事件になった臓器売買のデータは手に入れたか？」

するると内田の表情が明るくなり、親指を立ててみせた。

「はい室長」

「さすがだ」

このデータが宝の山だった。臓器受注と発注、使用貨物便、仕入れ先、担当者、原価までが細かく記載されていた。さらに臓器売買の競合相手とその上代予想価格までが記されていたのだった。

「これは、ある種の談合なんじゃないのか。ここに並んでいる数字は、入札価格のようなものだ。需要に供給が間に合わないので、裏で価格調整をしていたんだよ」

「この一覧表の意味が見えてきますね」

「あちらでは、日本のヤクザは元気だったかな？」

黒田が最も聞きたかったことだった。

「やはり極盛会が強いですね。東海岸には世界中のマフィアが揃っていますが、手堅く商売をしているのは極盛会だけです」

「奴らのバックには何があるんだ？」

「奴らは日本人会と日系企業に巧みに入り込んでいます。また、その橋渡しをしているのが、民政党の田村久之元幹事長なんです」

黒田は、ははんと笑うと指を鳴らした。

「田村と極盛会の繋がりを教えてくれ」

「バブル当時、日本の不動産会社がニューヨークの土地建物を買いあさった時代があったそうです」

「ああ。日本がロックフェラーセンタービルを買収して騒ぎになったころだね」

成金的ジャパンマネーによる海外資産買収の象徴的な例として、日本は世界から大きな反感を買った。これを機に、アメリカで本格的なジャパン・バッシングが始まったのだ。

「そのとき、地上げに加担した不動産関係者の一人が宇田川でした。極盛会と宇田川の付き合いは、その頃に始まったようです。宇田川は、そこに日系企業とのパイプを持つ田村を引き込みました。田村は極盛会に自分の人脈を売ることで、金を受け取っていたのだと思います」

「宇田川って、ドクター・ウダガワの親父の宗一郎のことだよな」

「ええ、宇田川は田村に多くの上納金を納め、田村はそれをいかにも全うな政治献金として受け取っていたに違いありません。きっと、田村は宇田川の稼ぎのいい息子にも目をつけたんですよ。宝田と同じように」

それにしても、時代に先駆けた新ビジネスを次から次へと思いつくものだ。

「宇田川宗一郎の所在は？」

「彼はニューヨークにいますよ。豪勢なペントハウスで優雅に暮らしています」

「内っちゃんは会ったのか？」

「いいえ、一応写真と動画は撮っておきました。何でも、彼は今ニューヨークを拠点にしてフィリピンで不動産開発を手掛けているそうで、中でもダバオのリゾート開発で相当儲かったそうですよ」

「ダバオ？」

何かが収斂《しゅうれん》し始めていた。ダバオといえば、中国産臓器の受け入れ窓口ではなかったか。フィリピン国内で国際空港があるのは、マニラ、セブ、そしてダバオだけだ。

興奮する黒田の前で内田は神妙な面持ちを崩さなかった。

「室長、それからセントルーカス病院でもう一つ妙な話を聞きまして」

「臓器移植患者名簿から何か出たか？」

黒田から指示を受けると、すぐに内田はセントルーカス病院の臓器移植者名簿を手に入れ、患者の地位や経歴を調査した。すると、彼らはみな富裕層であるという他に、奇妙な共通点があることがわかった。

「患者たちの多くが、同時期に韓国系の世一《ヨイチ》銀行を使って金の出し入れをしているんです。おまけに振込先の銀行も同じようなところです」

黒田の顔から笑みが一気に消えた。

「何だって！　世一銀行といえば世界平和教のメインバンクじゃないか。インサイダー取引の証拠隠しを疑ってみる素地は十分にあるな。なんだ、極盛会だけでなく、あの団体まで絡んでくるのか。これはすごい情報だ」

真剣な眼差しを向けながら、黒田は右手を差し出した。

「グランドスラム級だよ。裏づけは取れるかい？」

おそるおそる内田はその手を握り返す。

「はい、潜入捜査の際に仲良くなった患者から聞き出しました。彼はネット関連ベンチャーのエグゼクティブです。病院内で耳打ちされた企業名は二つや三つではなかったそうです」

「とんでもないお手柄だ。君を誇りに思うよ」

赤く染まった顔を隠したかったのか、内田は俯いた。

その後の調査で、ダナ・フォックス病院の患者たちについても、セントルーカス病院と同様の傾向が見られることがわかった。


黒田は内田を帰すと、受話器に手を伸ばした。内閣情報調査室の会田《あいだ》孝一《こういち》と話がしたかった。

「ご無沙汰しています、会田でございます」

「久しぶり。実は民政党元幹事長の田村久之の動向なんだけど」

会田は黒田からの電話を待っていたとばかり、楽しそうに話し始めた。

「僕はたまに彼の甥っ子と飯を食べるんですよ。彼によると、田村は臓器移植をするようですね。国会に休暇届を出して外遊という名目にするそうです」

「臓器移植ね。僕もその情報は摑んでいたんだ」

「手術のことを知ってたんですか？」

会田は驚いた声を出した。

「会ちゃんだから、こっそり教えるけど、アメリカのニューヨーク市内にある個人病院で手術をするようだね」

「なんだ、僕より詳しいじゃないですか」

会田のふてくされたような声を聞いて黒田は笑った。

「今の件をこっそり、その甥っ子に当ててみてよ」

「かしこまりです」得意のフレーズが出た。「しかし、相変わらずですね、黒田さんの情報収集力」

「いやいや。ところで会ちゃん、田村の政治資金なんだけど、どうも収支がはっきりしないんだよね」

「はい。それは前々から言われていますよね。彼の周りには、わけのわからない金が多いんです。帳簿上は合っているんですが、それだけであれほど多くの議員を傘下に抱えて、養えるはずがありません。田村グループの連中は結束が強いんですよ。なかなか真相までたどり着けません」

「なるほど。田村はもともと大蔵官僚上がりで、金の運用には詳しいからな」

田村は大蔵省国際局で為替市場課長を経験していた。

「海外企業の転換社債や投資は得意でしょう」

「投資か投機か……だが、個人でやると足が付くよな。すると何らかのトンネル会社のようなものを作っておく必要があるんだが」

「そうなんです。しかし、調べましたが国内にはそんな会社はないんですよ。マネー・ロンダリングをやってないとも限りませんよ」

「その可能性もありうるね。為替の抜け道を利用しているんだろうな」

法を知りつくした男だからやっかいだ。

「ただ、今の財務省には、未だに田村のシンパが多いですから、下手に田村に逆らうと、そこに国税が入るらしいんですよ」

うまいことを考えたものである。

「汚ないことするよな」

苦々しい声でいった。

「それだけ田村は情報を持っているんですよ、表から裏まで。ちょうど黒田さんみたいに」

会田の笑い声がやんだところで、黒田は礼を言って受話器を置いた。

首を伸ばすと、パソコンのモニターを見つめる栗原の横顔が見えた。

「栗原、ちょっとデスクまで来てくれないか？　西海岸で仕入れたデータの分析は進んだか」

「資料の中に、気になる団体が出てきておりまして。今ご相談しようと思っていたところでした」

「ほう。どういう団体だ？」

黒田は手渡されたA４資料の束を食い入るように捲った。

「FBIから貰ったダナ・フォックス病院の資料を分析していたのですが、その中に『インターナショナル・インヴァイラメント』という会社が出てきました」

「インターナショナル・インヴァイラメント？　ニューヨークにある会社だよな」

栗原は驚いて言った。

「よくご存じで……そんなに有名な会社なんですか？」

「宇田川医師の家と車の面倒をみている会社だよ」

栗原はしばらく口を結んで思案顔で宙を睨んでいた。

ふと無言でデスクに駆け戻ると、USBメモリーを持って戻ってきた。黒田は、渡されたメモリーをＰＣチェンジャーに差し込み、無線式のキーボードを栗原に渡す。栗原は十六桁のパスワードを二回打ち込んでデータにアクセスした。

モニタには関係者の相関図が浮かび上がった。

「室長の真似をして、こんな図を作ってみたのですが……この部分です」

二十ほどの団体名が線で繋がれている。その中にいくつかの会社名とその代表者、企業実態、極盛会との関係が記されていた。

「室長。臓器移植はマネー・ロンダリングの道具にもなっていたのではないですか？インターナショナル・インヴァイラメント社は、極盛会と田村が使っているトンネル会社ではないでしょうか。臓器売買で得た金をインサイダー取引で更に増やしているとも考えられます」

黒田は身を乗り出してモニターを凝視している。

「なんとそこに、世界平和教まで絡んでいるんだよ」

# 第六章　告白

朴喜進は教団の行く末を深刻に憂いていた。

宗教で人心を救おうと真剣に考えた末にこの団体を興した教祖と、一代で世界宗教となってしまった教団を受け継ぐ後継者との間には、感覚的に大きな違いがあるのは仕方がないとも言えた。

韓文光の子供たちの中には、五男坊の哲文を始め優秀な者もいた。しかしその才能は、資本主義社会の中で開花させるべき種類のものでしかない。彼らが宗教家に求められる自己犠牲の精神の欠片《かけら》も持ち合わせていないことに、朴は苛立ちを覚えないわけにはいかなかった。

教団には今や百を越える企業を束ねる組織があった。それは他ならぬ韓哲文の手腕である。

哲文は子供の頃から英才教育を施され、高校でアメリカに渡り学んだ。アメリカという国は頭脳ある者をどんどん後押ししてくれる世界だ。アメリカ人ではなく、アジアの小国出身者であっても、同じようにアメリカンドリームを享受することができるのだ。

そんなアメリカの教育システムの中で、哲文はその能力を飛躍的に伸ばした。経営学を学びながら、教団の運営という形で実務に携われることも、彼の大きなアドバンテージとなっていた。

ビジネススクールに進んだ時、教団内に赤字で苦しむ会社があることを知ると、哲文はその経営に参画した。昔ながらの個人商店のような感覚で経営されている古い体質を残したその会社に対して、哲文は矢継ぎ早に改善策を示して周囲を驚かせた。

かくして、会社の業績は一変した。そうすると他の企業も哲文にアドバイスを求めるようになり、哲文の教団内の地位はみるみるうちに上昇した。

「朴さん、黒田です」

「ああ、ジュン。声を聞くことができて嬉しいよ。君からの電話で安堵したよ」

朴にしては珍しい反応に、黒田は朴の周辺で何かが起きているのではないかと直感した。

「今回、様々な捜査を行ってきました。その中で、あなた方の教祖と接点を持ったわけです」

黒田は普段よりも声のトーンを落とし、朴の出方を試すように語った。

「その件に関しては、私なりに考えているところだよ」

深い溜め息が受話器から響いてきた。

「お察ししますよ。私は、教祖が臓器移植をしようとしまいと、それは教祖の個人的な問題と考えています」

「個人的な？　それでいいのかい？」

朴は意外そうに尋ねた。

「教団が移植手術を積極的に斡旋したわけではないのですから」

「確かにそうだが……」

困惑しているのか、朴は声を震わせている。

「私は韓文光教祖が、メシアであろうが、普通の人間であろうが構いません。生命を全うするのが自然ならそれでよし、正当な医療行為によって延命できるならばそれもよし、と思っています」

「ありがとう。私はジュンが我々の教団を見放してしまったのではないかと、不安だった」

今度はやさしく語りかけた。

「僕は何度も言ってきたように無神論者です。ですから、いかなる宗教にも与《くみ》しないことは朴さんもご存じでしょう」

「すると、ジュンが教祖の臓器移植について広報することはないのかい」

黒田はすぐには答えなかった。すこし間をあけてから、低姿勢に口火を切った。

「先日は売り言葉に買い言葉のようになってしまいましたね。申し訳なく思っています」

電話の向こうの朴の表情が和らいだのが分かった。

「いや、あの時は私自身がパニックになってしまった。こちらこそ申し訳なく思っているよ、ジュン」

本音を切り出すべきタイミングを見計らっていた黒田は、今がその時だと感じた。

「朴さん。僕はあなたが信じる世界平和教を尊重しているのですよ。しかし残念なことに、教団はあなたが知らないところで、様々な脱法行為を行ってきました。これは事実ですね」

「……それは認めざるを得ない。私だって悔しい思いなんだよ。だから、それなりの懺悔もしてきたではないか」

朴は黒田にすがりつくように声を出した。

「それは僕もありがたく思うところもあります。吉沢公安総務課長の無念を何とか晴らすことができたのは、ひとえに朴さんのお陰だ」

黒田の胸に一瞬、熱いものが去来し、生前の吉沢の顔が浮かんだ。その気持ちに半ば後押しされるように、黒田は太い声で尋ねた。

「ただし、それとこれとは話が別です。今、教団の若手グループが中心になって行っている経済活動の中に、新たな脱法行為があるのではないですか？　彼らは世界経済を愚弄するような悪の道に走っているのではないですか」

長い時間、朴は沈黙していた。朴は教団の不正を無言のうちに認めているのだ。

「現在の経済的教団運営に、教祖は全くかかわられていない」

「すべて、哲文ら息子たちに任せているのですね」

「そうだ。私自身、教団なのか営利目的の企業体なのか判断ができないでいる」

受話器の向こうで必死に言葉を選びながら、教祖を守り、教団を庇《かば》おうとする朴の内面がわかるようで、黒田は苦しんだ。

そして断腸の思いで口を開いた。

「朴さん。本来の姿に戻りましょう。そして、誤りは一刻も早く解消しましょう」

朴はしばらく言葉を発しなかった。

黒田はその重々しい静寂の中、心を鎮めようと目を瞑った。

「オーケー、ジュン。これから私の話を聞いてくれるか。少し長くなるかもしれないが……」

微笑んだ朴の顔が目に浮かんだ。受話器を持つ手が汗ばんでいた。

＊

「クロアッハ。今、大丈夫かい？」

「僕に電話が繋がっている限り安全ということだ」

いつもの陽気な声が聞こえた。

「ははは。実は、いくつか確認しておきたいことがあるんだ。一つは、アメリカ国内の臓器売買についてなんだ。ずいぶんと色々な国の組織が関わっているようだね」

「そうだろうな……」

クロアッハの声が一瞬曇ったのが分かった。

「噂話をして申し訳ないんだが、臓器売買にイスラエル人のシンジケートが関わっている可能性はあるのかい」

「ずいぶん乱暴な訊き方だな。ジュンの捜査は西海岸だけじゃなかったのかい？」

クロアッハの反応はいつになく暗かった。

「東もだ。ピッツバーグからニューヨーク、ニュージャージーまで調べている」

「それはＦＢＩを通してやっているのかい？」

「いや、独自捜査だ」

「日本警察にそんなことができる機関があるのかい？」

「僕のチームだよ」

黒田は静かに言った。

「なんてことだ」

クロアッハは一旦言葉を失った様子だったが、思い直したように語り始めた。

「ジュンのチームならＦＢＩよりも優秀かもしれないな。正直にいうと、先ほどの話は事実だ。彼らはニュージャージーで摘発を受けたようだ」

「そのシンジケートというかブローカー一味は、政治とも繋がっていたんじゃないのかい？」

「どうしてそんなことまで知っているんだ？」

「政治家の裏金を調達していたとか……」

「そのとおりだ。しかし、それと日本警察の捜査と何か関係があるのかい？」

「クロアッハ。この前、世界平和教の教祖が臓器移植をした話をしただろう？　その背後関係を調べていたんだよ」

「背後関係？　臓器移植に何か背後関係があるのかい？」

「マネー・ロンダリングだ。しかもこれにインサイダー取引が絶妙に絡んでいる。闇で動いているのは、ヤクザと政治家と宗教団体だ」

「何だって？」

クロアッハが思わず驚愕の声をあげた。さすがのクロアッハもそこまでは摑んでいない様子だった。

「まず臓器だ。密売ルートをほぼ解明したよ。中国から、フィリピンを経てアメリカに臓器が流れているんだ」

「中国から……もしかして死刑囚の臓器か？」

「そう考えた方がいいだろう」

「確かに、需要に合わせて処刑すれば、適合ドナーを早期に調達できるな……」

「そう。単価がグッと上がるだろう。しかも元手はタダだからな」

「そのシンジケートはどこが仕切っているんだ？」

クロアッハの不安げな声が届いた。

「いくつかのルートがあるようだが、ジャパニーズヤクザも関わっていた」

「おお、あの、宝田とかを中心とした極盛会かい？」

「そうだ。しかし、彼らだけでそんなスキームを組むことはできない。片棒を担いでいるのが、さっき言った面子だよ」

「しかし、アメリカ政府は本気になってインサイダー取引を摘発しようとしているんだ。その捜査網にひっかからなかったのかい？」

「インサイダー取引の盲点だよ」

「盲点？」

「一部の連中が集中的に投資すれば急激に株価が上昇してインサイダー取引はばれてしまう。しかし、これを世界中のマーケットで少しずつやっていけば、大きな利ザヤは稼ぐことができなくとも、それなりの利益は得られるだろう？　それを延々と繰り返していくんだ。しかも、原資はタダ同然だ」

「しかし、それを立証できるのかい？」

「かなりの確度でできているんだ。そういえば、捜査の中で、偶然怪しく動き回る貴国のシンジケートの存在も摑んでしまった。違法な取引で得た金は、アラブの過激派と戦う軍資金となっていったんじゃないかな。彼らのことを君が知らないわけはないよな」

クロアッハがめずらしく押し黙ってしまった。

「……しかし、日本警察だけでそのすべてを捜査するつもりかい」

「いや、我々は日本人が関わっている案件についてのみ集中的に追及するつもりだよ。あとはFBIに全て情報提供する。当然クロアッハ、君とも情報を共有したい」

「ジュン、僕に何が聞きたくて電話をくれたのかな」

「ニューヨークを拠点にして世界のリゾート開発を手掛けている会社があるんだが、そこがどうやら黒い。臓器密売ルートである、フィリピンのダバオを開発し、相当儲けているらしい」

「インターナショナル・インヴァイラメント社のことか?」

「そう、それだ。どうして知っているんだ?」

「このバックはロシアンマフィアだよ」

「ロシア?」

黒田は絶句した。黒田の思考の中にロシアという文字はなかった。クロアッハは黒田の心中を察したかのように、丁寧に説明した。

「ロシアは地中海を狙っている」

「地中海……」

黒田は頭の中を整理しようとしたが、クロアッハの口から出てくる固有名詞の一つ一つに慌てふためいていた。

「ロシアには驚くべき富裕層がたくさんいることはジュンも知っているだろう。しかしロシアの気候は厳しい。いくら金があっても、自国の中では黒海のごく一部にしかリゾートと呼べる土地はないんだ。そこだって決して綺麗な場所じゃない。ロシアは宿敵トルコの顔色を窺いながら狭い海峡を通ってエーゲ海に出ることで、やっと世界のリゾートに足を伸ばすことができるんだ」

黒田は相槌を打つだけで精一杯だった。「クロアッハ、続けて」

「ロシアのスーパーリッチがどこを狙っているのかといえば、世界のリゾートさ。ギリシャやスペインなど、経済が混乱している国のリゾートにはどんどん進出している。ダバオだって、おそらく地中海周辺で得たノウハウを応用しているのだろう。アメリカのロシアンマフィアは相変わらず意気盛んだ」

黒田は冬のモスクワやセントペテルスブルグの空の色を思い浮かべた。

「リゾート」を外に求めるのは、決して日本人だけではない。ロシアが、そして世界中の富豪がこれを求めているのだった。そこには金も情報も集まってくる。

「もう一つ、ロシアの医学は極めて遅れている。特に移植に関しては貴国と同等かそれ以下だと思う。わかるだろう、地中海に臓器移植ができる病院が、ロシア資本でできたとしたら、これは儲かるよな」

「すべてが繋がっているような気がしてきたよ」

途方もない世界だ。

「ジュン、その政治家っていうのは、タムラという男じゃないのか？」

黒田はドキリとした。どうしてそこで田村の名前が出てくるのかわからなかった。

「そのとおり、彼も今回追っている一人だ」

「なるほど。タムラはロシア利権をジャパニーズヤクザと一緒に進めているんだ」

「ロシア利権というとシベリア開発のことかい？」

「そう。今、何人かのバイクレーサーが極東からシベリアを横断して西欧に行っているのを知っているかい？」

「ああ、小耳には挟んだ」

「それは、道路事情と新規ルートの開拓を兼ねた実地調査でもあるんだ」

「天然ガスのパイプライン工事のことかい？」

「それもあるが、パイプラインに沿った道路建設だよ」

黒田はかつて頓挫したある道路建設計画を思い出した。日露の政治家と日本の大手運送会社が夢見た、シベリア大陸輸送道路である。

「それは昔の与太話じゃないか」

「いや、もし北方領土とひき替えの交渉という形をとって復活したとしたら？」

「北方領土か……」

「ロシアにとって北方領土問題はそれほど大きなものではない」

「なんだ、不毛の地シベリアを開発して、ツンドラの大地に眠っている天然資源を確保できればそれでいいということか」

クロアッハはそうだ、と言ってから続けた。

「その開発を日本にやらせようという魂胆さ。そのおまけとして、小さい島を四つ返してやるというだけのことだ」

黒田は首を傾げた。「そんなすんなり返すことはないだろう」

笑い声が受話器から響いてきた。

「それはそうさ。住民の居住権やその他の補償はみんな日本持ちだよ。さらに、一旦日本に返したとしても、住民投票を行ってロシアへの帰属を求められてしまえば、行政は従うしかないな。住民はロシアから徹底的に教育を受けた人々になるだろうな」

「旧ソビエトの手法がそのまま生き残っているんだな」

今まで見ていた世界地図が、別のものに見えてくるような気がした。

「今のロシアには、旧ソビエトのノーメンクラツーラ（ソ連の支配制度）が完璧に残っている。むしろ、さらに先鋭化した思想と巨大な力と金を持った者が支配する国家になってしまったんだよ」

「すると、それに踊らされている日本の政治家はボリショイサーカスのピエロのようなものだな」

「それはピエロに失礼だよ」

楽しく笑えるはずもなかった。クロアッハはその気配を察したのか、話題を変えた。

「以前、ロシアの少年が大やけどして日本の病院に運ばれて治療を受けたことがあっただろう」

「何となく記憶している」

「あの時、日本人の多くの篤志家が彼のために寄付金を募った結果、たちまち必要以上の金が集まっただろう」

「日本人の〝善意〟が世界中で話題にされたね」

「そう。しかし、その寄付金を巡る話は、実際のところ美談とは程遠いものだった。そのことを知る日本人は驚くほど少ない。患者の両親、基金の呼びかけをした者、そして病院——そこには目を覆《おお》いたくなるような事実が隠れている」

黒田は言葉を失っていた。黒田自身、その話の裏を全く知らなかった。

「ジュン、日本のマスコミは肝心な所になると知らん顔をして何も報道しない」

「誰かに口止めされているのか？」

「背後にロシアから金を掴まされた小汚い政治家がいるからだよ」

これをきっかけに、ロシアの対日交渉は大きく様変わりしたという。

「どういうことかな」

「ロシアは日本を金づるだと認識したんだよ。日本の世論なんぞマスコミを適度に揺さぶれば、何とでもなるとね……。お人よしの日本人を、いいように使おうと決めたんだ。〝ロシアの可哀想な少年〟と似たようなストーリーを巧みに作り上げては、日本に流そうとしている」

人の善意につけ込んだ悪しき手口と非難してばかりいられなかった。

「平和ボケと言われる僕の国の人々は、あまり世の中に疑いを持たないようだ。『難病の気の毒な子どもが』と泣きつかれれば、すぐに財布を開いてしまう。その裏に、その陰に、という発想を持つこと自体が何か悪いことのように思われている」

そんな日本を、世界という舞台で必死に生き抜こうとしている新興国が見たらどう感じるのだろう。

「日本人は、本当に柔軟だよ。良くも悪くもだ」

黒田は考えていた。どうして日本では臓器移植手術が行われないのだろうか。なぜ移植医療は遅れたままなのだろうか。マスコミが報道した幼い患者のために、半月で数億円の金が集まるこの日本という国で——。

「肝心な議論をそっちのけにして、くだらない政争にあけくれた政治家たちの責任は重いよ」

「金で踊らされている政治家どもに退場願うこと、それはジュンたちの仕事なんじゃないのかな」

自嘲気味に笑うと黒田は言った。

「僕らはＣＩＡやモサドのような諜報員ではないんだよ」

「日本警察は世界のどの警察や情報機関よりも自由で、独立していると思わないか。

素晴らしいことだよ」

「そうだな、政治的な圧力が掛かることはまずなくなったよ。というより、それだけの度量がある政治家がいなくなったということだ。霞が関も小さくなったもんだよ。外国の顔色は気にするのにな」

「悪いが、日本の戦後の政治家で心身共に〝独立〟できていたのは吉羽だけだろう。それ以後、大物と呼ばれた者はいたが、必ずどこかの国の紐付きだった」

黒田も同感だった。

「ジュン、ところがだよ。今、日本の政治家に紐を付けようとする機関は世界中どこを探してもないんだよ。旨味がないからだ。唯一、ロシアがこれを狙っている」

「なるほど」

黒田は深く息を吐くと目を閉じた。

「ジュン、君のような動きができる警察官は組織内ではそんなにいないんだろう？」

「特異なポジションを与えてもらっているからね」

「君の立場を疎《うと》んじる者もいるだろうな」

「居心地のよい縦割り組織の人間には、面白くないこともあるだろうね。特に、刑事や組対、公安の一部にとってはね」

クロアッハはおもむろに言った。

「ジュン。僕と組まないか？」

「組む？」

「今回、僕はジュンの組織の優秀さに驚愕したとともに、日本に諜報機関ができる素地があることをはっきり認識したんだ。日本の政治はこの数年で大きく変わるだろう。アメリカにもヨーロッパにも変化の兆《きざ》しはある。世界情勢が様変わりしていく中、我々モサドの有志は、ＣＩＡやＭＩ６と意識を共にしながら来たるべき時代に備えようとしているのさ。この輪に、日本人であるジュンに入ってもらいたい」

「僕は一介のノンキャリ警察官だよ。情報室は国家に支えられた組織でもなく、君たちと比べたらできることなんて本当に限られている」

黒田は思わぬ提案をありがたく思いながらも、蟻が象と肩を組もうとしているような、いたたまれない気持ちになった。

「組織の規模はそうかも知れない。しかし、国力を考えてみてくれ。日本は確かに借金大国だが、世界経済の中では、円の存在感はまだまだ相当大きなものだ。ジュンの組織は、その国唯一の諜報機関なんだよ」

「これから、より深く情報交換をしようと？」

「そうだ」

クロアッハの意図が完全には読めなかったが、情報室の将来とあわせながら、彼の提案を深慮してみる必要があると思った。当面の捜査協力ということであれば、拒否する理由はない。ゆくゆくは、古賀総監や岡本副総監に上げるべき大きな話になるかもしれないが——。

# 第七章　捜査

黒田は総監室で組織のトップたちを前に、事件の捜査方針を告げたところだった。

「外為法違反か。それもマネー・ロンダリングが立証できるとなると、組対と捜二にも声を掛けないといけないな。公安だって参画したいだろう。またロシアが絡むとなれば外一も手を上げるよな。それで黒ちゃんのところは」

岡本副総監はどのセクションにどこを捜査させるのか考えを巡らしているようだ。

「情報室は、今回は黒子《くろこ》に徹したいと思います」

「係員はそれで納得できるかな」

「人事第一課の表彰担当管理官には予め打診はしておきますが、各部長にもご理解賜りたいと思っています。現場の人間を正しく評価してやるためには、やはり表彰することが大切です。特に警部補以下はそれを生き甲斐にしています」

「しかし、モサドと手を組むというのは前代未聞の捜査だな」

古賀総監が黒田に言った。

翌朝、内神田にある情報室の分室には百三十人を越える室員が一堂に会した。本部庁舎の大会議室でこれを行えば、たちまち注目を浴びてしまうだろう。

「今回、三ヵ月という短期間で、室員の皆さんには昼夜を問わず一丸となって業務に邁進していただいたことに感謝し、情報室にしかできない成果を示してくれたことを誇りに思います」

黒田は壇上から直立不動の室員たちを見渡した。

「今回、様々な情報を分析、検討した結果、反社会勢力の最大グループともいえる極盛会宝田組を徹底的に兵糧攻めにすることと致しました」

立錐《りっすい》の余地もない大会議室から「おおっ」という歓声とともに、ざわめきが数秒間続いた。

「今回の事件の適用罪名は外国為替法違反という、日頃、我々が着手したことのない事件であります。臓器密売とマネー・ロンダリング、さらにはインサイダー取引という世界規模の犯罪を捜査解明し、FBIを始めとした世界の犯罪捜査に携わる者が総力を挙げる意義ある事件となりました」

そして一呼吸すると、静かに言った。

「この捜査に関して、我々情報室は直接捜査にはタッチしません」

室員はお互いに顔を見合わせながら怪訝な顔をしたが、誰一人声を発しなかった。

「皆さんの気持ちはよくわかります。捜査員ならば自分の手でホシを挙げたいと誰もが思うでしょう。しかし、今回は全員が捜査指揮官の感覚で捜査を見守っていただきたい。当然ながら、ＦＢＩを始めとする世界中の捜査機関との連絡調整を情報室が行います。これらの情報をどこの部門のどのセクションの誰に伝え、捜査させるか。これを個々が考えてもらいたいのです」

室員の半数近くが頷いた。

「捜査が完結するかどうかを確認する義務が我々に託されていると考えて下さい。今回の捜査は、刑事、公安、組対がそれぞれの専門性を発揮してこそやり遂げられるものだと思っています」

黒田は言葉を切って強い眼差しで室員を見た。

「どうか、全員が一つ上の階級になったつもりで、捜査の進捗状況を確認して下さい」

翌火曜の朝は捜査の任務分担を決める部長会だった。

総監応接室には古賀総監、岡本副総監を筆頭に、総務部の下野、刑事部の重里、公安部の中村、組対部の鹿島《かしま》の四部長および捜査の中心となる課長たちが呼ばれていた。

黒田も席についた。

すでに各部長には総監から指示が出ており、根回しは終わっている様子だ。

「お手元の資料は外交文書同様、確実な保秘を願いたい」

進行役の岡本副総監が手元の十ページに渡る資料を持ち上げて言った。

資料をめくる音だけが室内に響き、次第にざわめきが起こった。すでに事件ごとの任務分担も示されている。

「今回の事件は大きく五件」

ふたたび部屋は静まった。

「まず民政党元幹事長、田村久之に対する受託収賄と外為法違反、政治資金規正法違反の捜査は刑事部捜査第二課に任せる。ロシア、中国による対日有害活動に関しては公安部外事第一課、外事第二課だ。世界平和教については、公安総務課に頼みたい。極盛会のマネー・ロンダリング及びインサイダー取引については組対部、組対総務課、組対一課に捜査してもらう。極盛会による臓器密売に関しては組対四課だ。現場本部長は警視総監、総括指揮官は私が行う。何か質問は？」

刑事部の人間が挙手した。参事官兼捜査第二課長の山路《やまじ》だ。

「二点お伺いします。この書類の証拠能力はどの程度のものと判断してよろしいのでしょうか？」

「全てデュープロセスに則《のっと》り収集、作成されたものだ。情報提供者保護の観点から、供述調書の作成に際しては署名押印を免除している。なお、法廷においては、当事者が裁判官の面前で証言する旨の担保は取ってある」

山路は頷いて「了解」と一言だけ言った。

「もう一点、当方は国会議員の身柄を捕る立場ですが、立法府からのいわれのない圧力を受ける心配をする必要はありませんか？」

「まず、取りかかりの事件を何にするかを検討してもらいたい。立法府が文句を言えないような状況を作るために、二課の得意とする手法を活かしてくれたまえ」

岡本は各部長らの表情に目を配ると、咳払いを一つした。

「順番は逆になりましたが、最後に総監から訓示をいただきます。全員、気を付け！警視総監に礼！」

古賀総監の張りのある声を、黒田は噛み締めるように聞いた。

「今回の捜査は、休暇中の職員が、機転を利かせて取った端緒情報から始まったものである。事案の概要を掴むまで三ヵ月を要したが、これは今後の警視庁における捜査手法を大きく見直すに足る捜査手法であったと思う」

古賀は黒田に一瞥もくれない。

「本来ならば主管業務を持つ各部、各課に対して早めに連絡することも考えたが、各部長とも相談の上、本日まで企画課情報室において捜査を進めてきた。この中には忸《じく》怩《じ》たる思いをもつ者もあるかと思うし、さらにこれを直接捜査する諸君の部下はその思いをさらに増幅させるかも知れない」

組対部長の鹿島は目を伏せて聞いている。

「しかし、縦割りの警察組織を越えたところに、この捜査の意義があることを皆さんには再確認していただきたい。一つ一つの捜査に関しては、各専門部署の方がもっと詳細な証拠を収集分析できたかも知れない。しかし、もし部署単位で動いていたら、この大掛かりな事件の全貌を捉えることはできなかっただろう」

黒田は宙を見つめていた。

「これからが本当の勝負であり、捜査である。諸君が捜査員を鼓舞、激励して、この未曾有《みぞう》の事件を全面解決してくれることを切に希望して私の訓示とする。健闘を祈る。以上」

組対部長の鹿島は、部下の組対四課長の柳《やなぎ》の顔を見た。

「宝田の所在は確認できたのか？」

「はい。写真撮影済みです」

「宝田宗則本人に間違いなかったのだな？」

「いま宝田はフォーシーズンズホテルに投宿中です。部屋から採取した毛根付きの頭髪でＤＮＡ検査を行い、本人であることを確認致しております」

鹿島は組対部の威信を懸けて大捜査を展開する構えだった。

「捜査員も厳選した。二十日間で挙げるぞ」

柳も大きく頷いた。

組対一課も負けていなかった。

課長の森本を中心に、宝田組が行っていたインサイダー取引とマネー・ロンダリングの解明に猛然と取り組んでいた。インサイダー取引の捜査には、ＦＢＩの協力も仰いだ。

「これだけ経済に通じた大物が相手となると、やりがいもひとしおです」

捜査の途中で、森本はそんな若手捜査員の言葉を耳にした。皆が一丸となっていた。

「ホシの目処はどれくらいだ？」

森本は部下の管理官に尋ねた。

「現在のところ幹部は十二、三人というところです。一斉検挙致しますので、その後芋づる式に挙がってくると思われます」

「極盛会本部への金の流れはどうなっているんだ？」

「奴らは現金決済ですので、金融機関の口座の動きはありません。ただ、幹部会と称する会合時に多額の現金が総本部に運び込まれるようなので、そこでガサを入れることを考えています」

「奴らの手元に次回、まとまった金が入るのはいつだ？」

「前々回のインサイダー取引の金が来週あたり、奴らのメインバンクに回ってきます」

「四井銀行神戸南支店だな？」

「口座への送金が確認された段階で押さえましょう」

首を横に振ると、森本は言った。

「いや、その金を引き出して極盛会に持ち込んだタイミングを狙うんだ。ただ……その金に目印が欲しいな」

「帯に印を付けさせますか？」

「そうだな。国税を巻き込もう。俺が財務省と四井の頭取に話をつける。支店長クラスでは抜ける可能性があるからな」

「国税も汚い金が押さえられると知れば喜びますよ」

森本の目が輝いた。一人の指揮官の顔がそこにあった。


捜査二課では粛々と捜査が進められていた。

刑事部ナンバーツーの参事官を兼務する捜査二課長は、あらゆる捜査手法に精通したキャリアの山路である。

「田村の政治資金規正法違反は立件できるんだな」

「はい。すでに外国人からの献金に加え、極盛会の宝田組系列企業からの献金リストも出来上がっています。その中には、今回の臓器売買に関するインターナショナル・

トランスプラント社に加え、インサイダー取引の主役を演じている、インターナショナル・リサーチ・アンド・アナリシス社も含まれています」

「田村と宝田組の直接的な関係は立証できるのか？」

「はい。田村の会館事務所に組の関係者が何度か訪れて、代議士本人と面談していることを確認しております」

「面会票だけじゃないだろうな？」

山路は慎重な性格だ。

「そのとき事務所にいた財務省の職員から証言を取っています」

「役人が同席していたということか？」

「いえ、たまたま別件で事務所にいたそうです。翌日が田村の委員会質問で、ブリーフィングをしていたと聞きました」

「すると複数の役人がいたんだな」

「そのようです。データベース化した田村の動きと、議員会館から押収した面会票の突き合わせをする中で偶然発見しました。何と言っても田村の会館事務所には一日二十件以上の来客がありますから」

「それだけ力があるということなんだな。しかし、田村ほどの有力議員でも、議員会館以外に個人事務所を持たなくなって久しい。派閥の力学が弱まった証拠だな。その点は、この国の政治がどんどん弱体化していくような気がして寂しいものだ」

「政党助成金という制度ができてから、議員は以前ほど金に苦労しなくなったと思います。かつての議員は、血のにじむような努力をしながら浄財を集めていました。その中でさまざまな力関係を学んでいたんですよね」

「政治は力学だ。その力の根底にあるのは金だな。まあ、必死に金集めをしてきた田村先生も、今は臓器移植後の静養中なのだろう？　弱った体を抱えながら、悪事にはとことん知恵が回るんだな」

そこへ贈収賄ルートの捜査を行っていた管理官が課長室に飛び込んできた。

「失礼します。山路課長、収賄の関係なんですが、公安部から有力な情報が届きました」

「ほう、公安部も今回は必死だな」

山路は鷹揚に笑った。

「ロシアはシベリアの天然ガス開発に関して、田村を通じ複数のゼネコンに道路建設とパイプラインの設計を依頼していたようです」

「設計だけか？」

「すでに道路工事に関しては一部着工しており、天然ガス田の採掘利権も数ヵ所、得ていました」

「それはニュースになっていないな」

「はい。受注したのがいずれも大手ゼネコンのアメリカ支社で、その間に隠れ蓑としてトンネル会社が存在していたんです。捜査の結果その裏付けが取れ、トンネル会社から田村に金が渡っていることが判明しました」

「受託収賄ということか。金額は？」

「二二億円です」

管理官は生唾を飲み、山路はにやりと笑った。

「いい額だな。そうすると工費はその千倍とみていいと思う。天然ガスの採掘利権を考えれば安いモノだ。きっちり押さえろよ」

重里刑事部長、中村公安部長、鹿島組対部長が総監室に集まったのは、御前会議から二週間が過ぎたころだった。

「短期間でよく詰めてくれた。感謝する」

古賀総監は三人を労《ねぎら》った。

「結果的には情報室に踊らされた感は否めませんが、捜査員は喜々として捜査に取り組んでいました」

そう鹿島が答えると、重里も笑いながら言った。

「うちの捜二の連中も、世界を股にかけた捜査に興奮したようでした。捜査費用はかかりましたが、これこそ二課事件という、燃えるような意気込みを捜査員全員から感じましたよ」

公安部長の中村は腕組みをして頷く。

「Xデーはいつにする？」

古賀が尋ねた。

「四日後の大安吉日がよろしいかと思います」

中村は姿勢を正すと、総監の目を見つめた。

「態勢は整っているんだな」

「はい。すでに第一回検挙予定者に対する行動確認に入っております」

「その点は何も心配していない。ぬかりなく、全員を同時検挙してくれ。記者会見は岡本副総監に任せるがそれでいいな」

「しかるべく」

Xデーの朝は静かだった。

朝の八時、警視庁本部内にある記者クラブはすでに賑わっていた。予定されていた総監公舎における総監放談会に出席するため、記者たちが社を越えて雑談にふけっている。

読朝新聞の社会部長が隣で談笑していた記者の肩を叩き、警視庁幹部の出勤状況を知らせる電光表示を指さした。

「この時間で全員出勤してるよ。今日は国会前並木通りに機動隊が随分でていたが、大規模デモでもやるのかな？　ちょっと刑事部長の重里さんのところにでも行ってみるか」

その頃、総監以下幹部たちは、警視庁本部十八階にある総合指揮所に集合していた。

二十二台のモニター画面が検挙が予定されている場所を鮮明に映し出している。

「時間だな」

午前八時一五分が決行時間だった。

「始まりました」

一秒の狂いもなく、二十二台のモニター画像が一斉に動き始めた。

聖十字病院特別フロアにあるＶＩＰルームのドアがノックされた。

室内には田村久之の他は誰もいない。

立会人は病院の事務長である。

「下手すればあんたも暴対法とその他の容疑について、証拠隠滅の共犯容疑がかかるんだからな」

早朝、自宅寝室で叩き起こされた事務長は、極めて強制に近い任意の同行要請をされていた。誰に連絡を取ることも許されないまま、逮捕現場に連れて来られていたのだ。この手法は公安と捜二が時折見せる荒技だったが、立会人の確保であり、逮捕行為に関しては何の違法性もない。

今回の逮捕時間は病院内の混乱を防ぐため、朝食の片付けが終わる時間を見越して設定されていた。

「田村、久しぶりだな」

田村はベッド脇のソファーにシルクのガウンをまとって腰を降ろし、タバコを吸いながら経済新聞を眺めていた。

「なんだお前、まだ面会時間じゃないぞ」

田村は見覚えのある捜査第二課の管理官を認めたようだったが、大物らしくゆっくりと煙をくゆらせ続けている。

「移植手術の経過も順調のようだな」

「余計なお世話だ」

横柄な態度だったが、タバコを持つ指が小刻みに震えていた。

その時、さらに二人の捜査員が聖十字病院事務長を伴って入室した。カメラを抱えた機動隊員も一緒だ。

「田村久之、東京地裁発行の逮捕状だ。政治資金規正法違反で逮捕する」

田村はその声を無視するように、新聞から顔を上げない。

捜査員の二人がゆっくり田村の両脇に立った。管理官は逮捕状を読み上げると、田村の顔前で示した。

「政治資金規正法だと？……そんなことは知らん。だいたい警視庁風情《ふぜい》が私を逮捕できると考えているのか？」

田村は威勢よく言い放ち目を剝いた。

「警視庁風情でも、ロシアからの闇献金や暴力団関係者からの違法献金の捜査はできますよ。なんなら、ニューヨークの不動産屋絡みでＦＢＩにでも捕まえてもらいましょうか？」

「な、なんだと！」

「そういえば、ロシアルートでゼネコンからの受託収賄もあったようだったな。どれだけの罪名が出てくるのか、今から楽しみだよ」

みるみるうちに田村の顔が紅潮していく。タバコを指の間から落としたことに気づいていない。

タイミングを計ったように捜査員が田村に近づいた。

「これに着替えろ」

田村は捜査員の面前で上下揃いのスウェットに着替えさせられると、両手錠が掛けられた。

「ただいまの時間、午前八時一八分」

田村は両腕を抱えられるようにＶＩＰルームを出た。終始無言だった。

フォーシーズンズホテルで迎える朝は格別だと宝田は思っていた。

移植手術後の定期検診で上京するたびに、宝田は都内の有名ホテルに部屋を取ってきた。だが、フォーシーズンズのベッドのスプリングと、枕の柔らかさに驚かされて以来、毎月のようにここへ泊まっている。スウィートルームから見る椿山荘の庭は、とくに朝の眺めが素晴らしいことも知った。

七時を過ぎたころ、アメリカンブレックファーストのルームサービスを部屋に入れた。

温かい食器に盛られた卵料理を楽しみ、食後のコーヒーをすった。モスグリーンのガウン姿でソファーに体を預けていると、ドアを叩く音がした。

宝田は咄嗟に息を殺して、ドアの方を見つめた。ドアの外に何人かいるようだ。するとまたドアがノックされた。今度は一度目より強い。

「……なんだ。朝飯はまだ終わってないぞ」

廊下の男は言った。

「警視庁だ。申し訳ないがドアを開けてもらえないかな」

「警視庁が何の用だ」

「中で話す。開けないのならマスターキーで開けて踏み込むぞ」

宝田が黙っていると、カチャリという解錠音がして、重い白い扉がゆっくりと内側に開かれた。

宝田は、入ってくる五人の捜査員と見覚えのあるホテルの総支配人を目で追うことしかできないでいた。ビデオカメラを回す男までいる。

「こんな時間に何事だ」

しわがれた声で聞いた。

「さすが、いい部屋だな」

捜査員は宝田の質問には答えず、リビング脇のテーブルに残った皿を目ざとく見た。

部屋中央に置かれたワゴンには、一人分のモーニングセットがドーム状の銀の蓋を被せられたまま残されている。宝田は、ワゴンを背で隠すようにして立った。

「警視庁組対部組対一課の者だ」

「警視庁が私に何の用だ？」

宝田組の最高幹部らしい、低い声で言った。

「宝田宗則、お前を東京地裁発行の逮捕状に基づき、インサイダー取引に関する外国為替法違反で逮捕する」

「外為法違反？　知らんな」

宝田はふてぶてしく言い放った。

「まあいい。今回は罪名のオンパレードだ。臓器不正売買に関する法律もアメリカの州法で適用されるそうだから、諦めるんだな。ＦＢＩも手ぐすね引いて待ってるぞ」

宝田の目が一瞬宙を泳いだ。

その時、捜査員の一人が寝室のドアノブに手をかけた。

「おい、やめろ！　そこは開けるな」

すでに宝田にはそれを制する力は残されていない。

ドアは開けられた。

そこにはベッドの上で、一糸纏わぬ姿で静かに寝息を立てている女の姿があった。小さく胸が上下している。窓から差し込む朝の光を受けて、その白い肌がいっそう輝いて見えた。

捜査員は無言でビデオカメラを向ける。宝田は悔しさに頬を痙攣させながら、あえぐようにカメラを遮ろうとした。

「その女は関係ない！　今日限りのただの連れだ」

「そうか？　ハワイで一緒だった饗庭悦子だろう」

宝田は強く目を閉じ、口をきつく結んだ。

これが合図であるかのように二人の捜査員が田村の両脇に立った。管理官は田村に逮捕状の記載内容を読み上げると、宝田に両手錠を掛けた。

「ただいまの時間、午前八時二〇分」

警視庁本部の総合指揮所には笑顔があふれていた。

「全員逮捕だな」

古賀総監が穏やかに言った。

「極盛会総本部や田村の国会事務所、世界平和教の本部まで入れれば総勢二十四人ですね」

岡本副総監は拳を握っている。

「黒ちゃんに報告してやってくれ」

古賀の言葉に岡本は笑いながら何度も頷いた。

「それよりも、これからの広報が大変です」

「準備はできているのだろう？」

「はい。九時ちょうどに教養課の教場を使って行います」

「またマスコミが大騒ぎだな」

「警視庁本部襲撃事件以来です。今回も全くマスコミに漏れずに捜査できたことが何よりです」

「それでこそ警視庁だ」

古賀はゆっくり席を立つと、居合わせた幹部一人一人と握手をして総合指揮所を後にした。

# エピローグ

黒田は自席で今回の捜査のあり方と、今後の情報室の行方について物思いに耽っていた。

「ジュン、うちの教団が行ったインサイダー取引と、マネー・ロンダリングの実態を伝えよう」

あの朴喜進の申し出のおかげで解明された部分は大きかった。

教祖が行った臓器移植の事実を一切口外しないことを約束し、黒田は朴の告白を聞いた。

またクロアッハも同様だった。クロアッハはこの捜査が終盤に差し掛かったところで極めて重要な情報を次々に授けてくれた。イスラエル人組織による臓器売買の証拠を黒田は摑んでいたが、それを表に出すことはなかった。

どちらも黒田が強要して口を割らせたわけではないが、司法取引のような形と言えなくもなかった。

「これでよかったのだろうか」

その思いを聞いてもらいたい気がして、黒田は岡本を訪ねた。

「海外機関との司法取引か……そしてＦＢＩにも間接的に貸しを作ることになるんだな？」

「資本主義社会の諜報組織の中では、暗黙の了解として〝貸し借り〟が存在するそうです」

黒田の顔を見ながら岡本は微笑んだ。

「僕も在イギリス日本大使館に三年間いたので、何となくではあるがその空気がわかるよ。ようやく彼らと肩を並べる時代が来たんだな」

慌てて黒田は首を横に振る。

「とんでもない。まだまだそんな組織ではありません」

「いや、大先輩である北村総監の信念がようやく実を結んだんだ。規模の大小よりも、その志が形となって、実際に素晴らしい成果を上げていることが大事だよ」

屈託のない笑顔で岡本は続けた。

「黒ちゃん、古賀総監が言っていたよ。情報室というセクションに出会えてよかった、と。情報室は警視庁というより日本警察の宝だともね。これからは、総監、副総監と九つの部長が、心を一つにして情報室を育て活用できる体制を組んでいく必要があると思う。警備、公安、刑事、生安、組対の現場捜査の五部は独自の情報システムを持っているが、バラバラではうまく機能しないよな」

黒田は自分に何かを言い聞かせるように何度も頷いていた。

「黒ちゃんもいつまでも室長でいるわけにもいかんだろう」

「情報室は、将来どんな形になっているのでしょうね」

にこやかに黒田は答えた。

「……ところで黒ちゃん、最近、中国大使館の動きはどうなんだ？　以前、蠅のようにまとわりつかれていただろう」

「最近は行確をされていないと思います。しかし、極盛会、それも宝田組が国内だけでなく世界規模で叩かれるとなると、必死に情報を集めにくるでしょう」

「中国の悪い輩も商売の邪魔をされて困っているに違いない」

岡本は頷く。

「今回の臓器密売にはじまるスキームを組んだのは、政府内のどの立場の人間なんでしょうね」

中国の動きは、資本主義諸国家に対する挑戦とみてよいと黒田は思っていた。

「一部の富裕層の生命を助けたとしてもだな」

「そのためにどれだけの貴い人命が失われているか。それを思うと、いくら他国の内部事情であろうと看過できません。これに日本人が加担し、利益を貪っていると思うと許し難いんです」

「共産主義に法を求めることが誤りなんだろうな。権力闘争は優れたトップをも抹殺してしまうからな。あちらには反革命修正主義という言葉がまだ残っているようだ。中国の党内の腐敗は相当ひどいらしいしね。彼らは資本主義に向かう者を追放しようとするのだろう？」

「金持ちに対する財産没収が繰り返されることになりますね」

「捜査員にも十分に気をつけるように伝えてくれ」

自室に戻って中国からの捜査報告書を見ている黒田のところに、管理官の林が血相を変えて駆けつけた。

「室長！　広州で捜査員の関本博康が公安当局に身柄を拘束されたようです」

黒田の心臓が激しく音を立てた。中国班の一部を別件捜査のために残しておいたのだった。

「なに？　容疑は？」

「それが旅券不携帯だそうです」

「あれほど言っていたのに……松原はどうしている？」

「松原係長は領事館を通じて公安当局と交渉中のようですが、何分、狙われていた形跡があるようで、回答は届いていません」

「最低十日はかかるな」

黒田は顔を顰めると額に手を当てた。

「わかった。野々辺企画課長、下野総務部長に速報する。概要をできるだけ詳細に調べてくれ」

それからちょうど十日後、広州の公安当局から、関本を釈放する旨の連絡が警察庁に届いたため、担当管理官を派遣した。国外追放にはならなかったが、罰金と五年間の入国禁止が言い渡された。

今回の事件の裏で動いているのは、おそらく中国大使館の連中だろう。だがそれを証明するものがない。

——関本の帰国後、事情聴取をしよう。それから管理不行き届きを理由に、進退伺いを提出すればいいさ。

丸二ヵ月もの間、黒田は遥香に連絡を取っていなかった。遥香には一斉捜査が始まる段階で事情を伝えていた。

「純一さん？　嬉しい。捜査終わったの？」

「まだ終わった訳じゃないけど、ようやく一段落だな」

「最近、いろいろ新聞を賑わせている事件でしょ。田村議員が捕まったりして。そういえば、警察官が中国で逮捕されたって記事も読んだけど、大丈夫？」

「本人は憔悴して帰って来たが、自らのミスだからな、何らかの処分は免れないだろうな」

「純一さんは、まだ官舎に住んでるの？」

「今日、久しぶりに西葛西に帰ろうと思っているんだ」

「行っていい？」

「だから連絡したんだよ」

受話器の向こうで遥香の歓喜した姿が見えるようだった。

「美味しいお魚が食べたい！」

久しぶりに「しゅもん」でも行くとするか。遥香を連れて行くのは初めてだ。

「あら、黒田さんご無沙汰です。お元気でした？」

真澄ちゃんの笑顔と明るい声が黒田を癒してくれた。

「何とか生きてますよ」

「奥のお座敷ですがよろしいですか？」

黒田が靴を脱いで十分もしないうちに遥香が店の扉を開けた。

「純一さん、こんばんは」

遥香が周囲の目を気にするようにしながら小上がりの座敷を覗いた。黒田は遥香と目が合った瞬間、遥香の目に浮かんだ涙を見て胸が締め付けられるような思いがした。

「こっちに上がって」

そういうのが精一杯だった。

遥香が掘りごたつ式の席に足を下ろした。黒田の足に自分の足を絡ませながら、無理に笑顔を作っている。

「おばけじゃないんだ。足がある」

「ちょっと危なかったけどね」

黒田は優しく笑いかけた。

「お飲み物はどうされます？」

真澄ちゃんが遥香に向かって言った。

「お魚と合う美味しい日本酒を下さい」

「今日は定番のマグロの他にイサキ、カサゴ、鯵、あおりいか、走りの鱧もご用意しております。そうですね、黒田さんがお好きな手取川、獺祭《だっさい》、香露、菊姫あたりはいかがでしょう？」

「じゃあ、手取川をお願いします」

「いい酒を選ぶね」

遥香が自分と同じものを選んだことが嬉しかった。

お造りに始まり、焼き物、揚げ物、煮物まで、たっぷり美味い魚を満喫すると、二人は久しぶりに黒田の部屋に行った。

どちらからともなく、二人はお互いに吸い寄せられるようにして抱き締め合った。

黒田は遥香が愛おしくてたまらなかった。遥香は珍しく能動的に黒田の身体を撫でる。ふと遥香の手が止まった。

「どうしたの？　この傷」

「ああ、ちょっと失敗した」

「失敗って……これ刺傷でしょう？　それも深いわ」

「さすがによくわかるね」

太腿《ふともも》の傷を誤魔化せるわけはなかった。黒田は淡々と経緯を説明した。

「本当に命懸けのお仕事なのね」

遥香が涙を浮かべながら傷口に手を当てている。黒田は何も答えることができず、ただ遥香の髪を撫でるだけだった。

「私、国境なき医師団に応募しちゃった」

ふと遥香が下を向きながら言った。

「本気だったんだね」

黒田は彼女の意志の固さを知っていた。

「看護師として？」

「今回は助産師資格を活かしたいと思って」

「行き先はどの辺なの？」

「ソマリアって言っていた」

黒田は遥香をこのまま送り出してしまうと、なぜかこれから二度と逢えなくなるような気がしてならなかった。

「今のままじゃダメなんだ？」

「うちの病院は日本のお金持ちの患者さんばかり。でも世界には病んだ身体を抱えて身動きもできない人たちが、本当にたくさんいる。やっぱりこの世界に入ったからには、そんな人の役に立ちたいと思うの」

「どの位の期間、行くつもりなの？」

「最初は半年から一年」

「最初は……か……」

自分は遥香のことをどれだけ理解しているのだろうか。自分と彼女の間に、埋められない溝があることを初めて気づかされた思いだった。

「私だって、純一さんと一緒にいたいよ。でもふとした時、純一さんのことを私とは違う世界に住む人なんだなって思ってしまうの。私、エリートでもなんでもないし、何のためにこの仕事を選んだか……って真剣に考えたの」

遥香の声に涙の訪れを感じて、黒田は顔を背けた。

「純一さんがこんな怪我をしてしまったのも、私がハワイであの人を見つけてしまったことに関係があるんでしょう？」

「ないと言えば嘘になるけど、それは僕の警察官としての本能がそうさせただけで、遥香にはなんの問題もない。かえってありがたく思っているよ」

「ありがとう」

くぐもった声がした。遥香は黒田の胸に顔を埋めたままだ。まだ迷いの中にいるのだろうか。

「ソマリア……行くつもりなの？」

「すごく危険なところなんだよね」

「内戦で経済は壊滅状態だな。世界で最も貧しい国の一つだよ」

「そんな国で人の命を助けるって意味のあることだと思う？」

「酷なことを言うようだけど、助かった子供がイスラム原理主義に奔《はし》ってテロリストになっちゃったりしてね」

「子供には何の罪もないのに……」

「でも、国境なき医師団が求める助産師は、ただ出産を介助するだけの仕事じゃないんだろう？」

　黒田は遥香の頭を撫でながら言った。

「うん。妊産婦検診、分娩介助、産後ケアだけじゃなくて、現地スタッフの監督・教育がメインの仕事になるみたい。その中でいろんな教育や啓蒙活動をしていくんだって」

「一人でも、遥香の夢を理解してくれる人を育てていけばいいんじゃないかな。高い志を持っていれば、きっとわかってくれる誰かがいるよ」

「ねえ、純一さん」

遥香が顔をあげ、黒田の顔を正面から見た。涙は乾いていた。

「身勝手だけど、私のこと一年間だけ待っててくれる？」

黒田はすぐに答えを出すことができなかった。

「純一さんが待っていてくれると思えば、きっと挫けない」

遥香は努めて明るい声を出している。

「行っておいで。そしてまた僕の腕の中に戻ってくるんだ。でも、せっかくのこの白い肌が日焼けしてしまうんだろうな」

「ハワイでSPF100の日焼け止めをたくさん買ったから、大丈夫」

「一年分はないだろう？」

さらに愛おしくなって遥香を強く抱きしめると、急に遥香が声を出して泣きはじめた。黒田は胸の中で泣きじゃくる遥香の頭をゆっくりと撫でていた。

＊

「警視庁警視黒田純一、警視庁万世橋《まんせいばし》警察署長を任ずる」

「ありがとうございます。身に余る重責ですが全力で職務を全うする所存です」

「今回の異動には、提出された進退伺いは加味されていない。そして、第一方面外には出さない条件が付けられている。〝いざ鎌倉〟の折りには十五分以内に警視庁本部に来ることが条件だ」

「かしこまりました」

定期異動ではなく、総監室で古賀総監直々に単独の辞令交付を受けた。黒田は古賀の心配りに感謝していた。

万世橋警察署は世界の秋葉原を管轄する警察署である。

夜間人口は極めて少ないが、休日の昼間ともなれば世界中からの観光客と買い物客で数十万人がひしめく街だ。各種犯罪組織も急速に増えつつあった。

「まあ、黒ちゃん。署長は一年半だよ。所轄は小笠原以来だね。久しぶりの所轄勤務か」

辞令交付に立ち会っていた岡本副総監に肘で突かれた。

「はい。所轄の課長と副署長を経験しておりませんので、まずは感覚を取り戻さないといけませんね」

「副署長には優れ者を配置している。各課長は皆若い。育ててやってくれ」

野々辺企画課長が人事一覧表を見ながら言った。

「それから、後任の情報室室長は捜査第二課理事官の吉田宏警視を充てることになった。引き継ぎもよろしく頼むな。一週間は僕が室長を兼務する」

「ありがとうございます。彼ならまた新しい改革を進めてくれるものと思います」


わずか一週間のうちに黒田の周囲は大きく変わった。

住まいを西葛西のマンションから、隣接する本富士署管内にある万世橋警察署署長公舎に移した。これから一年間、原則として公舎への行き帰り以外は管内から離れることはない生活が続く。

万世橋署の管轄区域は狭く、神田地区を神田警察署と二分していた。神田地区万世橋署管内の町は、鍛冶町と岩本町を除いた全ての町に神田という名前が付く。

遥香は昨日の夕方ソマリアに向かって旅立って行った。

最後に一緒に飲み干したブッカーズソーダの香りを遥香が戻るまで忘れずにいようと思い、空き瓶を公舎へ持ち込んだ。

「秋葉原から徒歩三分、か」

異動の挨拶状を書き終えると、黒田は外に出た。

署を出て左に十五秒歩けば、中央通りに出る。視線を右手に向ければ、多種多様なネオンに彩られた秋葉原電気街のメインストリートが広がる。

中央通りを行き交う若者たちをじっと眺めながら、黒田は呟いた。

「君たちが明日の日本を創るんだろうね」

本書は文庫書下ろしです。

この作品は完全なるフィクションであり、
登場する人物や団体名などは、
実在のものといっさい関係ありません。

|著者| 濱 嘉之　1957年、福岡県生まれ。中央大学法学部法律学科卒業後、警視庁入庁。警備部警備第一課、公安部公安総務課、警察庁警備局警備企画課、内閣官房内閣情報調査室、再び公安部公安総務課を経て、生活安全部少年事件課に勤務。警視総監賞、警察庁警備局長賞など受賞多数。2004年、警視庁警視で辞職。衆議院議員政策担当秘書を経て、2007年『警視庁情報官』で作家デビュー。他の著作に『警視庁情報官　ハニートラップ』『警視庁情報官　トリックスター』『鬼手　世田谷駐在刑事・小林健』『列島融解』などがある。現在は、危機管理コンサルティング会社代表を務めるかたわら、ＴＶ、紙誌などでコメンテーターとしても活躍している。


警《けい》視《し》庁《ちょう》情《じょう》報《ほう》官《かん》　ブラックドナー

濱《はま》 嘉之《よしゆき》





2012年10月16日第1刷発行

講談社文庫

定価はカバーに
表示してあります

発行者――鈴木　哲

発行所――株式会社　講談社

東京都文京区音羽2-12-21　〒112-8001

電話　出版部（03）5395-3510

販売部（03）5395-5817

業務部（03）5395-3615

Printed in Japan

デザイン―菊地信義

本文データ制作―講談社デジタル製作部

印刷―――株式会社廣済堂

製本―――株式会社国宝社





ISBN978-4-06-277397-3

# 講談社文庫刊行の辞

二十一世紀の到来を目睫に望みながら、われわれはいま、人類史上かつて例を見ない巨大な転換期をむかえようとしている。

世界も、日本も、激動の予兆に対する期待とおののきを内に蔵して、未知の時代に歩み入ろうとしている。このときにあたり、創業の人野間清治の「ナショナル・エデュケイター」への志を現代に甦らせようと意図して、われわれはここに古今の文芸作品はいうまでもなく、ひろく人文・社会・自然の諸科学から東西の名著を網羅する、新しい綜合文庫の発刊を決意した。

激動の転換期はまた断絶の時代である。われわれは戦後二十五年間の出版文化のありかたへの深い反省をこめて、この断絶の時代にあえて人間的な持続を求めようとする。いたずらに浮薄な商業主義のあだ花を追い求めることなく、長期にわたって良書に生命をあたえようとつとめるところにしか、今後の出版文化の真の繁栄はあり得ないと信じるからである。

同時にわれわれはこの綜合文庫の刊行を通じて、人文・社会・自然の諸科学が、結局人間の学にほかならないことを立証しようと願っている。かつて知識とは、「汝自身を知る」ことにつきていた。現代社会の瑣末な情報の氾濫のなかから、力強い知識の源泉を掘り起し、技術文明のただなかに、生きた人間の姿を復活させること。それこそわれわれの切なる希求である。

われわれは権威に盲従せず、俗流に媚びることなく、渾然一体となって日本の「草の根」をかたちづくる若く新しい世代の人々に、心をこめてこの新しい綜合文庫をおくり届けたい。それは知識の泉であるとともに感受性のふるさとであり、もっとも有機的に組織され、社会に開かれた万人のための大学をめざしている。大方の支援と協力を衷心より切望してやまない。

一九七一年七月

野間省一

## 講談社文庫 最新刊

**濱 嘉之** 警視庁情報官 ブラックドナー
ついに舞台は海外へ！ 臓器密売ルートを暴くため黒田はマニラへ飛ぶ。〈文庫書下ろし〉

**奥泉 光** シューマンの指
指を切断したはずの天才ピアニストがシューマンの曲を弾いていた!? 傑作音楽ミステリ。

**乙武洋匡** だいじょうぶ3組
手と足のない担任、赤尾先生と5年3組の子どもたちが過ごした一年間。著者初の小説！

**高殿 円** カーリー〈1.黄金の尖塔の国とあひると小公女〉
第二次大戦前夜の英領インド。激動の時代を懸命に生きる少女たちを描くシリーズ第一作。

**原田マハ** 夏を喪くす
順風満帆な人生に突然立ちこめる暗雲。注目作家が女性の「決意の瞬間」を鮮明に描く。

**長野まゆみ** レモンタルト
義兄と同じ家に暮らす弟。募る義兄への恋心と、秘密の仕事。スウィートな連作短編集。

**梨屋アリエ** スリースターズ
児童文学の旗手が、心に闇を抱えた少女たちの生々しさを描いて新境地を拓いた衝撃作！

**望月守宮** 無貌伝〈～双児の子ら～〉
「顔」を奪われた名探偵と新米助手が、連続殺人事件に挑む！ 第40回メフィスト賞受賞作。

**伊東 潤** 戦国鬼譚 惨
武田家滅亡が招いた鬼哭啾啾《きこくしゅうしゅう》を活写し、極点での人間の本性を炙《あぶ》り出した傑作戦国絵巻！

**高田崇史** カンナ 奥州の覇者
秘密の社伝は岩手へ。持ち去った諒司の正体は？ 蝦夷の長・アテルイ降伏の謎とは？

**折原 一** タイムカプセル
卒業式の日に校庭に埋めたタイムカプセル。十年後、メンバーたちに不気味な案内状が！

**森村誠一** 悪道
柳沢吉保の大陰謀に気づき北へ逃亡する伊賀の若者の命運は？ 吉川英治文学賞受賞作。

**西村京太郎** 十津川警部 西伊豆変死事件
西新宿で殺された女は、すでに五年前、西伊豆で溺死していた。どちらが本物なのか？